KB268330

大中原

대중원

임영기 新무협 판타지 소설

FANTASTIC ORIENTAL HEROES

대중원 5

임영기 新무협 판타지 소설

초판 1쇄 찍은 날 § 2011년 4월 25일
초판 1쇄 펴낸 날 § 2011년 5월 2일

지은이 § 임영기
펴낸이 § 서경석

총괄팀장 § 유경화
편집 § 어정원

펴낸곳 § 도서출판 청어람
등록번호 § 제1081-1-89호
등록일자 § 1999. 5. 31
어람번호 § 제2-2082호

주소 § 경기도 부천시 원미구 심곡2동 163-2 서경B/D 3F (우) 420-822
전화 § 032-656-4452 팩스 § 032-656-4453
http://www.chungeoram.com
E-mail § chungeoram@chungeoram.com

ⓒ 임영기, 2011

ISBN 978-89-251-2498-8 04810
ISBN 978-89-251-2440-7 (세트)

대중원
임영기 新무협 판타지 소설
FANTASTIC ORIENTAL HEROES
太中原
5
천하대계(天下大計)
도시출판
청어람

目次

第四十八章
방문자

大中原

천의맹 곤명지부.

중앙에 위치한 대전각 돌계단 아래에 여러 사람들이 질서 정연하게 도열해서 서 있었다.

맨 앞에는 곤명지부주 고후가 서 있고, 그 뒤에는 네 명의 형제가 나란히 서 있다.

그리고 그들 뒤쪽에는 곤명지부 휘하 여덟 개 분타의 분타주들이 횡렬로 늘어서 있는 광경이다.

그들 열세 명은 더없이 엄숙하고 긴장된 자세와 표정으로 감히 돌계단 위쪽을 쳐다보지도 못한 채 약간 고개를 숙이고 눈을 내리깔고 있다.

돌계단 위에 놓인 커다란 의자에는 한 인물이 꼿꼿한 자세로 앉아 있었다.

남자이며 사십오륙 세 정도의 나이에 황의단삼을 입은 청수한 용모의 중년인이다.

두 눈에서는 정기 어린 눈빛이 흘러나오는 모습이 누가 보더라도 광명정대한 성품일 듯하다.

그가 바로 강남무림 정파의 절대자인 강남지총부주 광무검협(光武劍俠) 조탁(趙卓)이다.

그러므로 곤명지부주 이하 분타주들이 고양이 앞의 쥐처럼 숨소리조차 크게 내지 못하고 있는 것이다.

광무검협 조탁 뒤에는 그의 호위고수 세 명이 눈을 번뜩이며 늘어서 있다.

돌계단 아래에 도열한 사람들을 한동안 굽어보고 있던 조탁이 이윽고 묵직하게 말문을 열었다.

"곤명지부주 고후의 무능함과 용렬함, 직무 태만에 대해서는 이미 충분한 조사를 마쳤다."

그 말에 고후는 찔끔하며 얼굴이 사색으로 변했다.

"그동안 곤명지부가 부당한 방법으로 벌어들인 은자 이백칠십만 냥과 전답, 장원, 점포, 건물들을 모두 압수한다."

고후의 다리가 후들후들 떨렸다. 그뿐만 아니라 뒤에 서 있는 네 명 중 세 명의 형제도 사색이 되어 부들부들 떨고 있었다.

다만 셋째인 고명만 이런 날이 올 줄 예견했다는 듯 씁쓸한 표정을 지을 뿐이다.

조탁의 말, 아니, 추상같은 엄명이 이어졌다.

"또한 고후의 곤명지부주 지위를 박탈한다."

"크흑……!"

털썩!

결국 올 것이 왔다는 듯이 고후는 그 자리에 무릎을 꿇으며 오열했다.

이어서 세 명의 형제도 차례로 그 자리에 무릎을 꿇고 흐느껴 울기 시작했다.

고후와 그의 형제들이 곤명성과 운남성에서 왕처럼 군림할 수 있었던 것은 오로지 고후가 곤명지부주였기에 가능한 일이었다.

강남지총부주 조탁이 이곳에 온 것은 유람이나 하려는 목적이 아니다.

현재 천하 곳곳에서 천의맹과 사황벌이 싸우고 있는 상황에서 이곳 곤명지부와 징강지부의 싸움은 강남지총부의 큰 관심사 중 하나일 수밖에 없다.

조탁은 이곳에 오기 전에 곤명성에서의 여러 일에 대해서 충분히 정보를 입수했으며, 이곳에 온 이후에도 많은 것들을 자신의 눈과 귀로 직접 보고 들었다.

그러므로 지금 그의 결정은 충분히 심사숙고 후에 내리고 있는 것이다.

"진원분타주 강무교는 앞으로 나와라."

조탁의 말에 강무교는 죄를 지은 것도 없으면서 움찔 놀라 급히 앞으로 나서 정중히 허리를 굽혔다.

"진원분타주 강무교, 지총부주의 명을 기다립니다."

"고개를 들어라."

조탁은 강무교를 잠시 주시하더니 가볍게 고개를 끄덕였다.

"강무교를 곤명지부주로 임명한다."

"넷?"

순간 강무교는 소스라치게 놀라서 숙이려던 고개를 다시 번쩍 들었다.

무릎을 꿇은 채 울고 있던 고후와 형제들도 놀라서 고개를 들고 조탁을 쳐다보았다.

고명과 일곱 명의 분타주도 귀를 의심하는 표정으로 고개를 들고 조탁을 쳐다보았다.

조탁은 개의치 않고 말을 이었다.

"곤명지부는 단 하루도 비워둘 수 없다. 천의운남팔분타 중에서 진원분타와 분타주 강무교의 공이 혁혁했으므로 마땅히 곤명지부로 승격할 만한 자격이 있다."

'내가 곤명지부주…….'

강무교는 꿈을 꾸는 것만 같았다.

"보름의 말미를 주겠다. 고후는 식솔을 데리고 빈 몸으로 나가고, 강무교는 곤명지부의 모든 것을 이어받는다."

가히 천번지복의 대변혁이다. 또한 그 누구도 예상하지 못했던 결정이다.

그때 조탁 옆에 서 있는 강남지총부의 총관이 우렁찬 목소리로 외쳤다.

"무엇을 하는가? 강무교는 지총부의 명을 받들라!"

번쩍 정신을 차린 강무교는 황급히 그 자리에 부복하고 머리를 조아렸다.

"속하 강무교, 지총부의 명을 받듭니다!"

그는 자신이 무슨 말과 행동을 하는지도 알지 못했다. 몸이 붕 뜬 상태라는 것만 느낄 뿐이다.

좌중에는 고요한 침묵이 흘렀다. 모두들 이 엄청난 대변혁을 현실로 받아들이기 위해서 안간힘을 쓰고 있는 듯했다.

그런데 그것이 끝이 아니다. 조탁은 마지막 선물을 강무교에게 주었다.

"강무교, 너의 공을 치하하는 뜻으로 은자 백만 냥과 곤명지부의 전 재산을 상으로 주겠다."

진원분타주 강무교가 곤명지부주로 임명됐다는 소문은 곤명성을 발칵 뒤집어놓기에 충분했다.

얼마 전까지만 해도 운남성에서도 벽촌인 진원현에서 분

타주를 하던 강무교라는 인물에 대해서 알고 있는 사람은 극히 드물었다.

행정적으로 운남성은 운남포정사(雲南布政司)가, 곤명성은 곤명부(昆明府)가 통치를 하고 있다.

하지만 천하 각 지역이 그렇듯이 운남성 역시 운남무림이 실권을 휘두르고 있는 상황이다.

운남성의 각 현에서 관(官)과 무림이 힘 겨루기를 하고는 있으나 관이 무림을 능가할 수는 없는 일이다.

그러므로 운남성 전역을 통치하는 포정사나 곤명성의 곤명부사보다도 천의맹 곤명지부주가 더 막강한 실세를 휘두르고, 각 현의 현감보다는 곤명지부 휘하 각 현의 분타주가 실세라는 것은 주지의 사실이다.

황제가 바뀌면 법과 제도, 신하들과 그 모든 것들이 바뀌면서 나라 전체가 들썩이듯이, 곤명지부주가 교체되니까 곤명성, 아니, 운남성 전체가 들썩거렸다.

곤명지부 전문 앞에는 새로운 곤명지부주에게 인사를 하러 온 곤명성 내의 각 방면 유지들로 인해서 연일 문전성시를 이루었다.

그렇지만 강무교는 그들을 만날 틈이 없었다. 전 곤명지부주로부터 모든 것을 인수받아야 하고, 진원분타를 곤명지부로 통째로 옮겨와야 한다.

그뿐 아니라 원래의 진원분타 휘하 무사들과 곤명지부에

있던 무사들을 잘 분류해서 직제 개편(職制改編)을 해야만 하고, 각 지위에 누굴 임명하고 배치해야 하는지를 결정해야 하기 때문에 몸이 열 개라도 모자랄 판국이었다.

"휴우… 안 되겠네. 좀 쉬었다가 하세."

강무교는 얼굴에서 흐르는 땀을 닦으며 의자에 쓰러지듯 털썩 주저앉았다.

그는 당궤 위에 작은 산처럼 수북이 쌓여 있는 문서들을 읽으면서 결재를 하던 중이었다.

바깥에서 이리 뛰고 저리 뛰면서 일을 처리하던 그에게 비룡당주 적설이 잠시 쉬라면서 이 일을 하라고 했는데 힘들기는 마찬가지였다. 바깥의 일은 몸이 힘들지만, 이 일은 머리가 터질 것 같았다.

강무교는 하녀가 따라준 차를 입으로 가져가며 적설에게 물었다.

"진 조장은 무얼 하고 있던가?"

"아까 보니까 조원들에게 강변에서 무술을 수련시키고 있었습니다."

강무교는 어이없다는 표정을 지었다.

"나한테는 이런 곤욕을 치르게 하고서 자신은 한가하게 조원들에게 무술 수련을 시키다니, 천하태평이로군."

적설은 하녀가 나가기를 기다렸다가 빙그레 엷은 미소를

지었다.

"그를 원망하시는 겁니까?"

"원망하네."

강무교는 진지하게 대답했다.

"나는 곤명지부주가 될 만한 재목이 못 되네. 그리고 준비도 되어 있지 않았어."

그는 찻잔을 입에서 떼고 반쯤 열린 창을 통해서 밖을 내다보았다.

"내가 한 일은 아무것도 없었네. 모두 진 조장이 시키는 대로 했을 뿐일세. 자네도 알고 있잖은가?"

적설은 담담히 고개를 끄덕였다.

"압니다."

"그런데 아닌 밤중에 홍두깨처럼 곤명지부주가 되었으니 이 일을 어찌해야 할지 모르겠군."

강무교는 착잡한 표정을 지었다. 그는 진검룡의 공을 자신이 가로챈 것 같은 죄책감을 느끼고 있는 듯했다.

적설은 나직이 입을 열었다.

"그렇지 않습니다. 분타주, 아니, 지부주께선 아무것도 하지 않으신 게 아닙니다."

적설의 말에 강무교는 이해할 수 없다는 표정을 지었다.

"내가 뭘 했단 말인가?"

"진 조장의 능력을 알아보셨습니다."

“내가?”

“그렇습니다.”

강무교는 잠시 생각하다가 마지못해서 고개를 끄덕였다.

“그렇기는 하지. 하지만 그렇게 뛰어난 인물일 것이라고는 예상하지 못했었네.”

“하지만 알아보셨습니다. 그리고 곤명지부로 부르셨지요. 진 조장이 진원분타에 그대로 있었다면 그의 능력이 발휘됐겠습니까?”

“음.”

적설은 평소에 말이 없는 사람이지만, 진검룡에 대해서라면 할 말이 많은 듯했다.

“난관에 부딪쳤을 때마다 지부주께선 진 조장의 의견을 물으셨고, 진 조장의 건의를 모두 받아들이셨습니다. 그것이 매우 잘하신 일입니다.”

“그의 건의는 다 옳았네.”

“진 조장이 옥(玉)이라면, 지부주께선 옥석(玉石)을 가릴 줄 아는 눈을 갖고 계십니다.”

“음, 그런가?”

그는 비로소 껄껄 웃었다.

“하하하! 그 말을 들으니까 조금 위안이 되네그려.”

사람들은 보통 옥을 알아볼 줄 아는 눈을 갖기보다는 자신이 옥이기를 바란다.

그런데도 강무교는 기분 좋게 웃는다. 자신이 옥이 아니라는 사실을 잘 알고 있기 때문이다.

"진 조장에게 곤명지부주를 하라고 하면 거절하겠지?"

강무교는 정말 그렇게 하고 싶은 마음으로 적설에게 물었다.

"그럴 겁니다."

"만약 명령이라고 한다면?"

"그럼 떠날 것입니다."

적설은 진검룡에 대해서 잘 알고 있는 것처럼 장담했다.

"그렇겠지?"

강무교도 그렇게 생각하고 있었다. 그는 차를 마시는 것을 잊었는지 찻잔을 만지작거렸다.

"그에게 어떤 지위를 줘야 할 것 같은가?"

"어떤 지위를 주고 싶습니까?"

"무엇이든 다 주고 싶네."

적설은 담담하게 미소 지었다.

"그는 아무것도 받으려 하지 않을 것입니다. 제가 보기에 그는 욕심이 없는 사람입니다."

"그렇겠지?"

고개를 끄덕이고 나서 강무교는 의아한 얼굴로 적설을 쳐다보았다.

"자넨 진 조장에 대해서 꽤나 잘 알고 있는 것 같군."

적설은 빙그레 웃었다.

"진 조장하고 며칠 함께 있었을 뿐입니다."

"며칠 함께 있었을 뿐인데 나보다 진 조장에 대해서 훨씬 잘 알고 있군."

"그가 보여주려고 한 것이 아니라 제가 봤습니다."

강무교는 고명에게서 진검룡에 대한 극찬을 귀가 따갑게 들었었다.

고명은 진검룡에 대해서 아주 단편적인 것만 보았을 텐데도 그에게 홀딱 반해 있었다.

"뇌격전주의 말이, 경혼조원들이 부럽다고 하더군."

적설은 빙그레 미소 지으며 고개를 끄덕였다.

"아마 그랬을 겁니다. 뇌격전주는 잠시도 진 조장에게서 눈을 떼지 못하더군요."

강무교의 눈빛이 아련하게 변했다.

"나는 이제야 이해할 수 있네."

"……"

"훈용강이 어째서 적룡당주 지위를 헌신짝처럼 내버리고 경혼조원이 되었는지를."

그렇게 말하고 나서 강무교는 뭔가 느끼는 게 있는 듯 적설을 쳐다보았다.

"혹시… 자네도 경혼조원이 되고 싶다는 마음이 들었나?"

적설은 가볍게 움찔하더니 죄스러운 표정을 지었다.

“솔직하게 말씀드리면… 그렇습니다. 죄송합니다.”

“죄송할 것 없네.”

강무교는 손을 저으며 괜찮다고 했으나 적설은 미안한 마음을 쉽게 떨치지 못했다.

문득 강무교는 눈을 빛내며 매우 궁금하다는 표정을 지었다.

“자네가 본 그는 어떤 사람이었나?”

“그는…….”

강무교는 적설의 눈에 존경과 흠모가 부옇게 어리는 것을 발견했다.

“천룡(天龍)이었습니다.”

“천룡이라… 아주 적절한 표현이로군.”

강무교는 고개를 끄덕였다가 곧 심드렁한 표정을 지었다.

“하지만 나는 강남지총부께서 곤명지부를 떠나시기 전에 모든 것을 사실대로 말씀드리고 싶네. 그러면 모든 것이 제자리를 찾을 걸세.”

적설은 진지한 표정을 지었다.

“지부주께서 괴로우신 것을 이해합니다. 하지만 만약 정말 그렇게 하시면 우리는 천룡을 잃게 될 것입니다.”

“하아…….”

적설은 괴로워하는 강무교를 물끄러미 바라보았다. 이어서 몇 번 할까 말까 망설이던 말을 결국 입 밖에 꺼냈다.

"지부주께선 천룡의 대행자(代行者)라고 생각하십시오."

"대행자?"

"그렇습니다. 원래 천룡은 모습을 드러내지 않는 법입니다. 그러므로 천룡이 지부주를 선택해서 위업을 대행하는 것이라고 생각하십시오."

강무교는 그 말에 크게 고무된 듯 표정이 풀리면서 입속으로 작게 되뇌었다.

"천룡의 대행자라……."

그는 궁금한 듯한 얼굴로 적설을 쳐다보았다.

"그와 함께 행동하면 마지막에는 어떻게 될까? 내 말은… 과연 어디까지 갈 것인가 하는 걸세."

"천룡이니까 하늘로 오르지 않겠습니까?"

"하늘……."

문득 물은 사람이나 대답한 사람 둘 다 거기에서 입을 다물었다. 더 이상 상상하는 것이 두려웠기 때문이다.

전지 호숫가의 곤명지부 휘하 여덟 개 분타의 천막들이 일렬로 늘어서 있는 곳.

맨 끝에 위치한 진원분타 천막에서 백여 장쯤 떨어진 당랑천 강가 백사장에서 경혼조원이 한창 무술 수련을 하고 있는 중이었다.

전시(戰時)가 아니기 때문에 경혼조원 열네 명은 모두 양손에 두 자루 목검을 쥐고 발도산검파를 수련하고 있었다.

발도산검파는 완성이 없기 때문에 수련하면 할수록 무궁무진한 변화를 깨우치고 몸에 익히게 돼서 그만큼 실력이 고강해진다.

실제로 실전에 나가 목숨이 왔다 갔다 하는 상황에서 적들을 자신의 손으로 죽여본 경혼조원들의 실력은 몰라볼 만큼 증진된 상태다.

경혼조원 중에서 예전에 살인을 해보거나 작은 싸움을 해본 적이 있는 몇몇 조원들조차도 이번 징강지부와의 피가 퍽퍽 튀고 목과 팔다리가 뎅경뎅경 잘라져서 날아가는 살벌한 전투를 해본 것은 처음이었다.

야산 아래에서의 전투가 끝나고 무사히 돌아온 경혼조원들에게는 몇 가지 공통점이 나타났다.

첫째, 눈이 유리알처럼 반짝거렸다. 아차! 하는 순간에 삶과 죽음이 극명하게 갈라지는 전장에서 살아 돌아왔기 때문에 지금 누리고 있는 이 삶이 얼마나 가치있는 것인지 절실하게 깨달았다.

둘째, 무사히 귀환하고 난 후에 잠시 쉬지도 않고 틈만 나면 무술 수련을 하느라 비지땀을 흘렸다. 모두 발도산검파만 죽어라고 수련했다. '실력이 곧 생존'이라는 사실을 뼈저리게 깨달은 것이다.

전에 사도풍과 증혜는 발도산검파를 소홀히 수련했었는

데, 귀환 후에는 자신들이 지금까지 배웠던 검술을 내팽개치고 발도산검파에만 매달렸다. 지난번 전투에서 발도산검파로 톡톡히 재미를 봤기 때문이다.

셋째, 조원들 간의 신뢰와 우정이 한층 더 끈끈해졌다. 지난번 전투에서 검진을 만들어 서로 협조하여 적을 죽이고 또 방어를 하는 과정에서 자신의 목숨을 동료에게 맡겼었기 때문에 서로에 대한 신뢰와 우정이 목숨을 맡길 정도로 돈독해진 것이다.

진검룡은 팔짱을 낀 채 묵묵히 경혼조원들의 수련을 지켜보고 있었다.

그는 조원들을 일일이 지도하지 않는다. 아주 가끔 어떤 수법을 가르쳐 주고는 묵묵히 지켜보기만 한다.

수련을 하면서 얼마나 깨우치고 몸에 익히는지, 그리고 터득을 하는지는 순전히 조원들 각자의 몫이기 때문이다.

경혼조원 중에서 가장 빠르게 습득하는 사람은 단연 무악이 으뜸이었다.

현재 그는 다른 조원들에 비해서 약하지만 머지않아서 제일 강해질 것이다.

그다음은 뜻밖에도 고선이다. 그녀는 무악만큼 무술에 천부적인 자질을 타고났다.

더구나 요즘도 매일 밤마다 진검룡을 졸라서 개인적으로 가르침을 받기 때문에 그녀 역시 오래지 않아서 두각을 나타낼 것이다.

　세 번째는 도록이다. 그 역시 뜻밖이다.

　그는 천부적인 자질 같은 것은 없으나 기가 막힐 정도로 응용을 잘한다.

　또한 어떤 부분을 어떻게 수련해야 하는지를 족집게처럼 잘 알고 있었다.

　더구나 둘째가라면 서러울 정도로 지독한 연습벌레라서 그의 실력은 눈에 띌 정도로 향상되고 있었다.

　그다음에는 주소영, 낭랑, 미미, 훈용강, 조제 등의 순서다.

　그리고 나머지 와평이나 장관웅, 동풍, 사도풍, 증혜 등의 발전 속도는 도토리 키 재기다.

　그렇다고 이들의 발전이 더디다는 얘기가 절대 아니다. 굳이 비교를 하자면 다른 조원들에 비해서 다소 늦다는 것이지, 일반적으로 봤을 때 이들의 발전 속도는 대단한 것이었다.

　지금 경혼조원들은 한데 어울려서 발도산검파를 수련하고 있었는데, 얼핏 보기에도 예전하고는 달리 동작이 매끄럽고 숙달됐음을 한눈에 알 수 있었다.

　또한 이들은 서로 목검끼리 부딪치지 않는다. 상대의 급소를 노리기 때문에 불필요한 부딪침이 없다.

　그렇다고 상대의 공격을 피하는 경우도 드물다. 상대가 급소를 찌르거나 베어오면 자신은 더 빠르게, 그리고 더 지독한 급소를 노리고 공격을 퍼붓는다.

경혼조원들의 수련을 지켜보고 있던 진검룡은 문득 완만한 동작으로 고개를 돌려 뒤를 쳐다보았다.

저만치 이십여 장 거리의 강둑 위에 한 사람이 우뚝 서 있는 모습이 보였다.

그를 발견한 진검룡의 짙은 검미가 가볍게 슬쩍 찌푸려졌다. 하지만 그는 곧 고개를 돌리고 다시 경혼조원들의 수련을 지켜보았다.

[잠시 뵙고 싶습니다.]

그때 진검룡의 귀에 한줄기 전음이 들려왔다. 강둑 위에 서 있는 사람의 목소리였다.

진검룡은 묵묵히 서 있다가 이윽고 몸을 돌려 강둑으로 천천히 걸어갔다.

자신을 만나기 전에는 그가 돌아가지 않을 것이라고 짐작한 때문이다.

자신이 이곳에 있다는 것을 그가 모르기를 원했으나 알고서 여기까지 찾아왔다.

어떻게 안 것인가? 그가 곤명지부에 온다는 소문을 듣고는 일체 그쪽으로는 얼씬거리지도 않았던 진검룡이다. 그렇다면 그는 진검룡이 이쪽으로 외천됐다는 사실을 처음부터 알고 있었을지도 모른다. 아니, 그럴 가능성이 크다.

진검룡이 갑자기 자리를 뜨자 경혼조원 세 명이 그를 힐끗 쳐다보았다.

뜨악!

빠각!

“끄악!”

“캐액!”

그러나 한눈을 판 대가는 즉시 돌아왔다. 목검이 그들의 머리통과 목에 작렬한 것이다.

지금까지는 얻어맞는 사람이 별로 없었다. 그만큼 숙달됐기 때문이고 서로의 공격술에 대해서 잘 알고 있기 때문이다.

그런데 갑자기 세 명씩이나 동시에 목검에 얻어맞는 일이 벌어지니까 전체 박투술이 갑자기 뚝 멈췄다.

그제야 경혼조원들은 진검룡이 없어진 사실을 깨닫고 두리번거리면서 찾다가 그가 강둑 위로 올라가고 있는 모습을 발견했다.

진검룡이 누군가의 앞에 멈추자 그 낯선 사람은 공손히 포권지례를 하면서 허리를 굽혔다.

“누구지?”

“몰라. 처음 보는 사람이야.”

경혼조원들은 의아한 표정을 지었으나 낯선 사람이 누군지 아무도 알지 못했다.

만약 이들이 다른 분타 조원들처럼 곤명지부 쪽이나 성내를 어슬렁거렸었다면 저 낯선 사람이 누군지 어렵지 않게 알아봤을 것이다.

그러나 경혼조원들은 식사하는 시간이나 잠자는 시간조차 아까워할 정도로 무술 수련에만 매달려 있었기 때문에 곤명 지부 쪽에 가볼 여유 같은 것이 있을 리 없었다.

진검룡은 낯선 사람과 마주 선 채 아무 말도 하지 않고 그를 똑바로 주시했다.

사십대 중반의 청수한 풍모를 지닌 낯선 중년인은 옷깃을 여미고 공손한 자세를 취했다.

"오랜만에 뵙겠습니다."

그래도 진검룡은 그를 묵묵히 주시할 뿐 대꾸조차 하지 않았다.

중년인은 진검룡의 성품을 익히 잘 알고 있는 터라 개의치 않고 조용히 말을 이었다.

"일 년 반 전쯤에 지금의 자리로 옮겨왔습니다."

중년인은 진검룡의 대답을 듣자는 것이 아니라 자신에게 있었던 일을 보고하는 듯한 모습이다.

"이곳에 계시다는 사실을 알고 왔습니다. 꼭 한 번 뵙고 싶었습니다. 긴히 드릴 말씀도 있습니다."

그는 말하면서도 진검룡의 표정을 조심스럽게 살폈다. 혹시 그가 기분이 나빠져서 이 자리를 떠날까 봐 노심초사하고 있는 것이다.

중년인은 두 손을 앞에 모으고 간곡한 표정을 지었다.

“여기에는 보는 눈이 많기 때문에 오늘 밤에 은밀하게 뵙고 싶습니다. 매우 중요한 말씀을 드리고 싶습니다.”

이렇게까지 말하는데도 진검룡이 반응이 없자 그는 초조한 표정을 지었다.

“대주, 부디…….”

“나는 이대로가 좋다.”

“그러나 대주…….”

“듣지 못했나, 조탁? 나는 지금 이대로가 좋다.”

“…….”

조탁.

그렇다. 그는 천의맹 강남지총부주 조탁, 바로 그였다.

휙!

진검룡은 그 말만을 남기고 몸을 돌려 다시 경혼조원들이 기다리고 있는 곳으로 걸어갔다.

“대주, 억울하지 않으십니까?”

조탁은 자신이 더 억울하다는 듯 진검룡의 뒷모습에 대고 말했다.

저벅저벅.

진검룡의 발밑에서 발자국 소리가 크게 났다.

“저는 대주께서 모함을 당하셨다는 사실을 알고 있습니다. 모호한 심증 같은 것이 아닙니다. 뚜렷한 증거를 갖고 있습니다.”

뚝.

진검룡의 걸음이 멈춰졌다. 그의 얼굴에 매우 흐릿한 갈등의 표정이 사막처럼 건조하게 떠올랐다.

그러나 그는 다시 걸음을 옮겼다. 얼굴에 떠올랐던 흐릿한 갈등은 사라지고 다시 무심함을 되찾았다.

그는 이곳에 와서 찾게 된 무심한 중에 평온을 깨뜨리고 싶지 않았다.

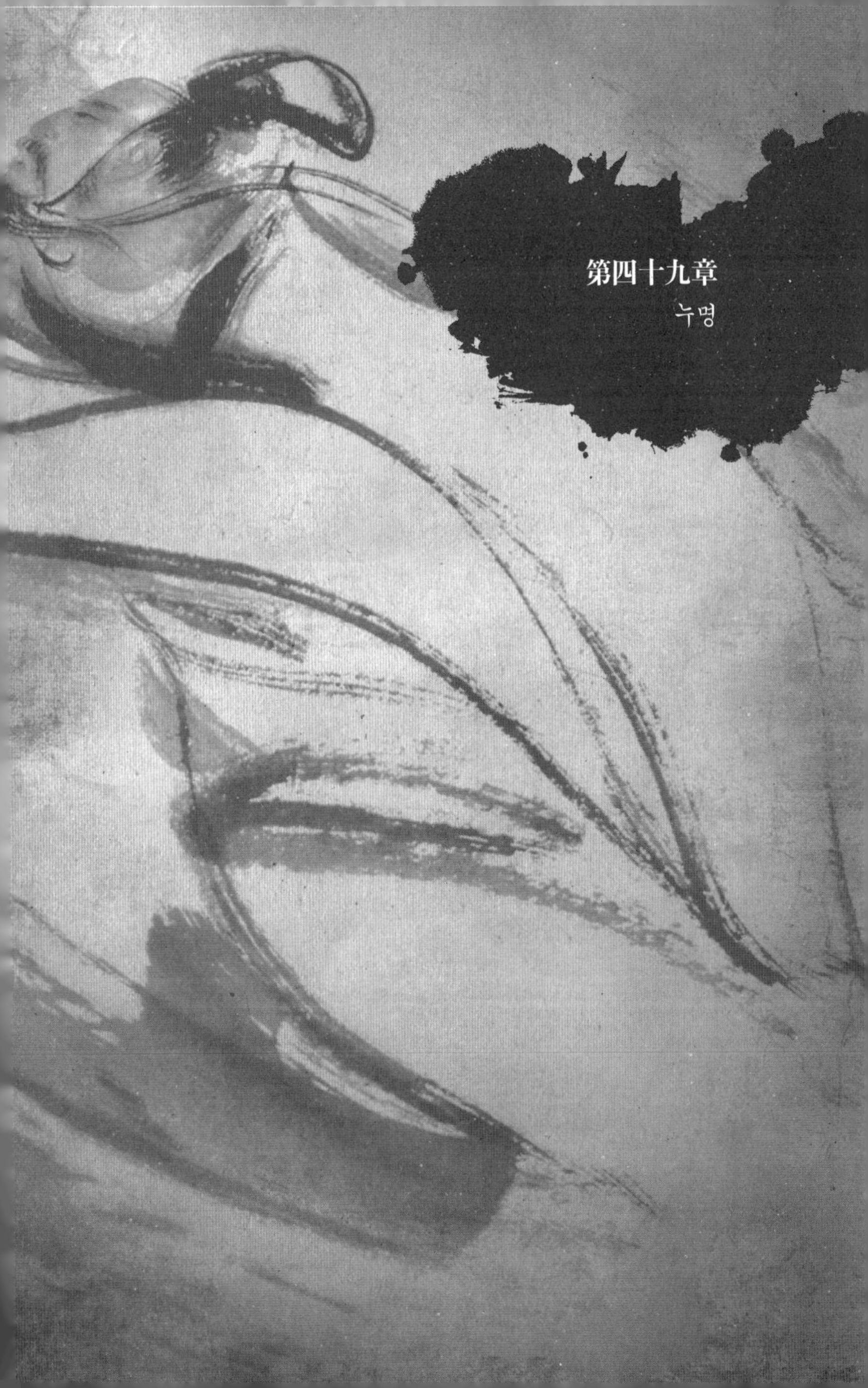

第四十九章
누명

무악은 몇 번을 망설이다가 겨우 입을 뗐다.

"저… 사부님."

뒷짐을 지고 당랑천 너머를 바라보는 진검룡은 뒤에 와서 말하는 무악을 돌아보지도 않았다.

늘 봐온 사부의 모습이고 무반응이지만, 오늘따라 사부께서 돌아보면서 무슨 일이냐고 자상하게 물어봐 주셨으면 좋겠다는 생각이 들었다.

하지만 그런 것을 바라는 것은 무리다. 사부는 절대 변하지 않을 것이다.

"저… 어머니께서 진원현으로 돌아가셨습니다."

그제야 진검룡은 몸을 돌려 무악을 마주 보고 섰다. 무악은 사부가 어머니의 일에 관심을 가져주는 것이 기뻤다.

"그때 싸움에서 돌아와 어머니께서 묵으셨던 객잔으로 찾아갔었는데 어머니께선 계시지 않고 점소이가 서찰을 전해주었습니다. 서찰에는 어머니께서 진원현으로 돌아가신다는 내용만 적혀 있었습니다. 아무래도 사부님께 말씀드려야 할 것 같아서……."

무악은 사부와 어머니가 서로 무관한 관계라고는 생각하지 않았다.

아니, 그렇게 생각하고 싶지 않았다. 그래서 사부가 이 사실을 아시면 어떤 조치를 취하실지 모른다고 생각했다.

어머니가 혼자 진원현으로 돌아갔다는 사실을 알고부터 걱정 때문에 무악은 밥이 넘어가지 않았고 잠도 제대로 자지 못했었다.

"무슨 일이 있었느냐?"

무악은 사부가 그렇게 물어주는 것이 기뻤다. 과연 사부는 어머니에게 관심을 갖고 계신 것이 분명했다.

"제가 알기로는… 아무 일도 없었습니다."

진검룡은 그날 밤 옥청을 업고 객잔으로 갈 때 있었던 일을 떠올렸다.

이상한 일이 있었다면 그것이 유일했다. 그러나 그때도 진검룡은 가만히 있었고 업힌 옥청이 뭔가 당황한 듯한 표정을 짓고 있었다.

어쨌든 그녀가 혼자서 진원현으로 돌아갔다면 모른 체할 수가 없는 일이었다.

비 오는 날 밤에 숭무관 놈이 옥청을 겁탈하려다가 진검룡에게 죽은 일은 그가 시체를 완벽하게 처리했기 때문에 아무도 모를 것이다.

그렇더라도 옥청 혼자 집에 있는 것은 기름이 가득 담긴 그릇을 활활 타오르는 불덩이 주변에 놔두는 것이나 다름이 없는 일이다.

모르긴 해도 진원현 내에서 그녀에게 군침을 흘리고 있는 사내들이 많을 것이다.

"분타주에게 말씀드리고 내일 아침에 가보자."

"네? 진원현에요?"

무악은 설마 진검룡이 그렇게 말할 줄은 몰라서 깜짝 놀라서 물었다.

그는 자신이 진원현에 가보겠다고 말씀드리려다가 너무 기뻐서 감격한 표정을 지었다.

"그래."

"아… 고맙습니다, 사부님!"

진검룡은 뛸 듯이 기뻐하는 무악의 머리를 쓰다듬었다.

강무교는 진검룡이 직접 곤명지부로 자신을 찾아왔다는

전갈을 전해 듣고는 만사 제쳐 두고 부랴부랴 지부주 집무실로 달려갔다.

그는 진검룡에게 직제 개편이나 수하들의 배치 등에 대해서 물어볼 것이 너무 많았다.

아니, 그게 아니더라도 진검룡의 뜻하지 않은 방문은 너무도 반가웠다.

강무교에게 이런 홍역을 치르게 한 장본인과 함께 차라도 한잔하면서 푸념을 늘어놓으면 기분이 한결 나아질 것 같았다.

그런데 실내에 우뚝 서서 기다리고 있던 진검룡은 강무교가 들어서자마자 찬물을 끼얹었다.

"진원분타로 돌아가겠소."

"……."

강무교는 쇠망치로 머리를 한 대 얻어맞은 듯한 표정을 지으며 할 말을 잃었다.

"진원분타는 여전히 곤명지부 직속이 아니오?"

"그… 렇네."

강무교는 정신이 채 수습되지 않은 상태에서 대답했다.

"진원분타는 누가 맡게 되오?"

"당분간 창룡당이 맡게 될 걸세."

"경혼조를 진원분타 창룡당 휘하에 넣어주시오."

강무교는 대답을 하지 못했다. 진검룡이 이런 요구를 할 줄은 꿈에도 예상하지 못했었다.

　그에게 어떤 지위나 상을 내려도 모두 거절하겠지만, 그래도 당연히 곤명지부에 남아 있을 것이라고 생각했었다.

　강무교는 너무 놀라고 어이가 없어서 진검룡을 빤히 쳐다보다가 도움을 바라듯이 옆에 있는 적설을 쳐다보았다.

　적설도 매우 놀란 표정을 짓고 있다가 강무교의 시선을 받고는 착잡한 표정으로 변했다. 진검룡의 요구를 거절할 방법이 없다는 뜻이다.

　"진 조장, 다시 생각해 보게. 응?"

　진검룡은 예의 무심한 얼굴로 되물었다.

　"무엇을 말이오?"

　"내게 이렇게 큰 짐을 떠안겨 놓고서 자네가 진원분타로 가버리면 나는 어떻게 하나?"

　그것은 정말 큰 문제다. 강무교는 곤명지부를, 아니, 운남성 전체를 지배할 능력이 없다는 것을 진검룡은 알고 있다. 하지만 그것은 강무교의 문제다.

　슥―

　그는 강무교의 물음에 대해서 대답도 하지 않고 일어나서 나가 버렸다.

　강무교는 착잡한 표정으로 진검룡을 바라보기만 했다. 어린아이였다가 어느 날 갑자기 어른이 되어 험난한 세상과 맞부딪친 심정이 지금 그의 심정이었다.

언젠가 강무교는 곤명지부주로서의 역할을 잘하게 될 것이다. 하지만 분명히 지금은 아니다.

처음부터 한쪽에 말없이 서 있던 적설은 착잡한 표정으로 강무교를 쳐다보았다.

"사부님께선 무악 어머니 때문에 진원현에 가려고 하시는 걸 거예요."

"무악 어머니?"

적설은 진검룡이 갑자기 진원분타로 돌아가려고 하는 데에는 무슨 이유가 있지 않을까 하는 막연한 짐작으로 이곳 진원분타 천막까지 와서 미미를 불러 슬쩍 물어보았는데 뜻밖의 말을 듣게 되었다.

"그렇다니까요? 무악 어머니께서 진원현으로 돌아가셨다고 무악이 말씀드리니까 사부님께서 즉시 진원현으로 돌아간다고 말씀하셨대요."

"그래?"

적설은 경혼조원들에게만은 더 이상 냉혈한이 아니다. 그는 경혼조원들에게만큼은 형제 같은 정을 느끼고 있었다. 진검룡이 조원들을 어떻게 대하는지 잘 알기 때문이다.

그는 미미에게 궁금한 것 한 가지를 더 물었다.

"진 조장하고 무악 어머니는 무슨 관계냐?"

미미는 손가락을 입술에 대고 까만 눈동자를 또르르 굴리다가 화사하게 미소 지었다.

"아마 두 분이 좋아하는 것 같아요."

"그래?"

"그렇습니다."

적설의 말을 전해 들은 강무교는 놀랍다는 표정을 지었다.

"진 조장이 누군가를, 그것도 여자를 좋아할 수 있을 것이라고는 조금도 생각하지 못했었는데 말이야."

"저도 뜻밖입니다."

적설은 난감한 표정을 지었다.

"뭔가 다른 이유가 있으면 조치를 취할 수 있을까 했는데, 진 조장이 진원현으로 돌아가려는 이유가 무악 어머니 때문이라니 곤란하군요."

적설이나 강무교는 경혼조원 각자의 이름이나 신상 명세쯤은 다 알고 있었다.

진검룡이 가장 신임하는 수하들이다 보니까 무엇이든 알아두고 싶었던 것이다. 그러나 정작 진검룡에 대해서는 아무것도 모르고 있었다.

적설이 난감한 것에 비해서 강무교는 싱글벙글 미소를 짓고 있었다.

"진 조장을 붙잡아둘 방법이 있네."

"네? 무슨……."

"무악 어머니를 다시 이곳으로 데려오는 걸세."

"어떻게……."

적설은 남녀 관계에 있어서만큼은 젬병이다.

"적설, 자네가 직접 진원현에 다녀오게."

"제가… 말입니까?"

무슨 생각을 하는지 강무교는 자신만만한 표정을 지었다.

"그래. 내가 시키는 대로만 하면 무악 어머니가 순순히 자네 따라올 걸세."

적설은 아리송한 표정을 지었다.

"내일 아침 사시(巳時:10시)에 진원분타로 출발한다! 이상!"

늦은 밤, 진원분타 천막 안 경혼조 칸막이 안에서 쉬고 있던 조원들에게 부조장 주소영이 진검룡의 명령을 전달했다.

모두들 놀란 얼굴로 주소영을 쳐다보았다. 이제는 곤명지부에서 생활하게 될 줄 알았는데 난데없이 진원분타로 돌아간다니까 놀라는 것은 당연하다.

딱 한 사람이 물었다.

"조장 명령이야?"

졸음이 가득한 얼굴로 하품을 하면서 묻는 사람은 낭랑이다.

"당연하지."

"그럼 일찍 자야지."

낭랑은 푹 엎어지더니 그대로 잠들어 버렸다.

진검룡이 진원분타로 돌아가겠다고 결정한 것에 대해 경혼조원 중에서 토를 다는 사람은 아무도 없었다.

"크아아—! 푸아아—!"

"무악, 빨리."

다만 낭랑이 무지막지하게 코를 골기 시작하자 조원들이 다급히 무악을 불렀을 뿐이다.

좌아아…….

진검룡은 천막 앞에서 이십여 장쯤 떨어진 호숫가 백사장 야트막한 언덕 위에 앉아 있었다.

진원분타에 조장으로 부임한 후 처음 며칠 동안은 과거의 일로 머리가 복잡했으나 곧 잊고 말았었다. 아니, 저절로 잊혀졌다.

진원분타의 시시콜콜한 일과 무악네 주루에서 벌어지는 사소한 일들, 조원들과의 잡다한 일상사에 파묻혀 있다 보면 자연스럽게 과거가 잊어졌다.

그것은 참으로 신기한 일이다. 그 어떤 명약으로도 그의 괴로움이나 백소운에 대한 그리움, 모함에 대한 억울함 같은 것들을 치유할 수 없을 것이라고 생각했었다.

그런데 몹시 하찮을 수도 있는 이곳의 평범한 일상들과 고만고만한 제자들, 그렇고 그런 조원들과 부대끼다 보니까 이곳에 오기 전까지의 일들이 거짓말처럼 깡그리 잊어지게 된 것이다.

부상쾌는 진검룡의 다섯 걸음쯤 뒤에서 물끄러미 그를 바라보고 있었다.

그녀는 진검룡이 자신의 얼굴을 치료해 준 이후부터 박투술을 수련할 때 외에는 한시도 그의 곁에서 멀리 벗어난 적이 없었다.

잘 때는 주소영과 미미가 그의 좌우에 찰싹 달라붙어서 자기 때문에 어쩔 수 없이 미미 옆에서 자는 수밖에 없었다. 하지만 자면서도 그에게 무슨 일이 벌어지지 않을까 신경을 곤두세우고 있었다.

부상쾌에게 있어서 진검룡은 신이고 하늘이다. 그녀는 목숨이 다하는 날까지 그의 곁을 지키겠다고 스스로에게 맹세를 했었다.

그의 호위무사가 돼도 좋고, 그가 원하기만 한다면 그의 여자, 아니, 언감생심 그런 것까지는 바라지도 않고, 단지 그의 욕정을 풀어주는 쾌락의 도구가 돼는 것도 기쁘게 받아들이겠다고 생각했다.

하지만 절대 그럴 일은 일어나지 않을 것이라는 걸 그녀는 알고 있다.

어쨌든 그녀는 미력이나마 진검룡에게 보탬이 되는 사람이 되고 싶은 것이다.

솔직한 심정으로는, 단지 은혜를 갚기 위해서만은 아니다. 그녀는 그를 깊이, 너무도 열렬하게 사랑하게 되었다.

부상쾌는 잠시 더 진검룡을 바라보다가 몸을 돌렸다. 그가 왠지 울적해 보여서 술과 안주를 준비해 오려는 여자다운 생각을 한 것이다.

진검룡은 오랫동안 그 자리에서 움직이지 않았다. 이럴 때의 그는 주로 명상을 한다. 삶과 죽음에 대한 것, 하늘과 땅에 대해서, 그리고 삼라만상과 뭇 피조물들에 대해서.

그런 것들을 생각하고 이해하려고 애쓰면서 또 사물을 관조(觀照)하는 습관을 들이면 이해타산에 집착하지 않게 되고 또 대인 관계에서 편견을 갖지 않게 된다.

그는 하늘이나 땅, 산, 숲, 물처럼 자신도 그것들에 속해 있다고 여긴다.

그러면 마음이 더없이 편안해진다. 그리고 이런 명상은 예전에는 여유가 없어서 하지 못했었다.

그때 그의 명상을 깨는 어떤 기척이 뒤쪽에서 감지됐다.

그는 기척만으로 조탁이 다가오고 있는 것임을 깨달았다. 사람에겐 누구에게나 특유의 기척이 있다. 숨소리, 심장박동 소리, 혈맥의 흐름, 그리고 느낌이다.

진검룡은 돌아서지 않았다. 조탁이 그에게 반드시 해야 할 말이 있다면 그가 어디에 있든 찾아내서 할 것이다.

진검룡이 아까 서둘러서 진원현으로 출발했다고 해도 조탁은 그곳까지 따라갔을 것이다.

진검룡이 경혼조장으로 있는 한 무슨 방법을 써서 피하더라도 그는 끝끝내 찾아내서 자신이 하고 싶은 말을 하고야 말 것이다.

조탁은 무지몽매하고 고집스러운 사람은 아니다. 단지 진검룡에게 해야 할 말이 그만큼 중요하기 때문이다.

진검룡은 그가 하는 말을 듣고 싶지 않았다. 이곳에 와서 평온을 찾았기 때문에 그의 말을 들을 하등의 이유를 느끼지 못하는 것이다.

설혹 조탁이 결정적인 증거를 갖고 있어서 그것을 파헤쳐 진검룡이 모함에서 벗어난다고 해도 단지 누명을 벗는 것뿐이다.

그는 권모술수와 질시, 탐욕이 들끓는 진흙탕 같은 그 세계로 다시는 돌아가고 싶지 않았다.

소박한 이곳이 좋다. 이곳에서는 인간의 탐욕마저도 정직하고 사랑스럽다.

이빨을 드러내고 으르렁거리면서 싸워도 솔직하다. 내 편과 적이 명확하기 때문이다.

그리고 이곳에는 무엇보다도 사람들이 있다. 서로를 할퀴고 상처를 주는 인간들이 아니라, 진검룡의 마음을 편하게 해주는 사람들이다.

"대주."

옆으로 다가온 조탁이 진검룡을 향해 공손히 허리를 굽히며 인사했다.

무인은 상대가 뒤에 서는 것을 싫어한다. 급습을 당할 수 있기 때문에 상대가 항상 보이는 곳에 있어야 한다.

조탁은 과거 낙양총부에서 진검룡의 수하로 있었다.

천의맹에 속한 방, 문파에서 엄선된 고수는 낙양총부 천의사대에 배속되어 일정 기간 동안 근무를 한다.

또한 남칠성북육성 십삼 개 지부의 후계자들은 반드시 한 차례 천의사대에 와서 삼 년 동안 수업을 받아야지만 지부주가 될 수 있다는 규정이 있었다.

조탁은 삼 년 동안 진검룡 휘하에서 부대주로 근무했었다. 당시 그는 검혼(劍魂)이라고 불렸었다. 검법에 일가견이 있기 때문이다.

그러므로 조탁은 누구보다도 진검룡에 대해서 잘 알고 있다고 자부했다.

그래서 진검룡이 산동성 승화문의 백칠십오 명을 살해했다는 말을 들었을 때 즉시 모함이라고 확신했고, 자신의 일보다 더 분노했었다.

조탁은 진검룡이 말을 빙빙 돌리는 것을 싫어하기 때문에 본론부터 꺼냈다.

"승화문의 시신 한 구를 강회(剛灰:생석회)에 채워서 저희

지부 밀실에 보관하고 있습니다.”

말하고 나서 조탁은 진검룡의 옆얼굴을 쳐다보았다. 그러나 그의 얼굴에는 아무런 표정도 떠올라 있지 않았다.

방금 그가 말한 내용은 아까 ‘뚜렷한 증거를 갖고 있다’는 것보다 더 충격적인 말이었다.

아까 진검룡은 반응을 보였었는데 지금은 추호도 반응이 없어서 조탁의 얼굴은 흐려졌다.

“그 시신에는 분명히 혈화흔(血花痕)이 있었습니다. 하지만 제가 자세히 살펴보니까 대주의 혈화흔이 아니었습니다. 누군가 매우 정교하게 모방을 했습니다.”

혈화흔은 진검룡의 표식 같은 것이다. 과거에 그가 검으로 사람을 죽이면 극양지기(極陽之氣)에 의해서 한 방울의 핏물이 상처 부위에서 솟아 나와 퍼지는데, 그것이 흡사 활짝 핀 꽃의 형상인 듯해서 무림인들이 혈화흔이라고 부르는 것이다.

진검룡의 얼굴은 여전히 아무런 반응도 없다.

방금 조탁이 말한 것 정도는 진검룡도 짐작할 수 있었다. 누군가 승화문을 몰살시켜서 진검룡을 모함했다면 그의 수법을 모방해서 죽였을 것이다.

천의맹의 감찰대(監察隊)와 열 명의 장로 천의십수가 승화문의 시신들을 살펴보았고 진검룡의 수법이 분명하다고 입을 모았었다.

그 정도라면 진범은 진검룡에 대해서 잘 알고 있는 인물이고, 또한 극양지기를 발휘하는 절정고수여야만 한다.

진검룡이 죽인 자의 상처에 만들어내는 혈화흔은 평범한 것이 아니라 극양지기에 의해서 타버린 핏물이기 때문이다.

"대주의 혈화흔은 투명하고 얇은 막에 감싸인 듯한 모습인데 시신의 혈화흔은 그저 검붉기만 했습니다."

진검룡은 사람을 꼭 죽여야만 할 때 급소를 찌른다. 살짝 베기도 하지만 찌르는 경우가 더 많다. 고통을 느끼지 않게 해주려는 나름대로의 배려다.

그의 측근들은 그가 극양지기로 급소를 찌르기 때문에 혈화흔이 생긴다고 믿고 있었지만, 사실은 조금 다르다.

그의 체내에는 극양지기와 극음지기(極陰之氣)가 혼재(混在)하고 있다.

그가 연공한 심법 자령심공 덕분이다. 검법이나 장법을 전개할 때 마음먹은 대로 극양지기나 극음지기를 발출할 수 있으며, 그런 것을 신경 쓰지 않고 무공을 전개하면 극양지기와 극음지기가 함께 섞어서 발출된다.

그때 극양지기는 상대의 상처에서 한 방울의 피를 뽑아내서 혈화흔을 만들고, 극음지기는 혈화흔을 미세한 얼음 막으로 감싸는 것이다.

조탁이 말하는 혈화흔에 얇은 막이 있다는 것은 바로 얼음 막을 말하는 것이다.

천하에서 그렇게 할 수 있는 사람은 오로지 진검룡 한 사람뿐이다.

"그리고 또 한 가지가 있습니다."

조탁은 그동안 자신이 힘들여서 알아낸 이런 정보들을 진검룡에게 알려주게 될 날만 손꼽아 기다렸었고, 바로 오늘이 그날이다.

조탁은 진검룡이 자신을 보면 반가워할 줄 알았다. 그리고 자신이 조사한 정보를 들으면 크게 놀라면서 그 즉시 행동을 할 줄 알았다. 그러나 그의 반응은 전혀 뜻밖이었다.

"시신을 해부해 봤습니다."

조탁의 그 말에 진검룡의 표정이 가볍게 변했다. 다른 이유 때문이 아니다. 조탁이 그렇게까지 진검룡을 위해서 노력했다는 것 때문이다.

진검룡의 표정이 변하자 조탁은 힘을 얻었다.

"시신의 장기가 모두 숯덩이로 변해 있었습니다. 극양지기에 당한 것이 분명합니다. 하지만 장법이 아닙니다. 시신의 몸 어디에도 장흔(掌痕)이 없었습니다. 내가중수법(內家重手法)에 당한 것이 분명합니다."

내가중수법은 몸에는 추호의 상처도 남기지 않고 몸 안의 장기와 내장을 손상시키는 상승 수법이다. 그것은 벽을 쳐서 벽은 부수지 않고 벽 너머의 물체를 파손시키는 것과 같은 이치다.

천의맹 낙양총부의 감찰대와 천의십수는 승화문의 시신들에 혈화흔이 너무도 뚜렷해서 진검룡의 수법이라고 단정해 버려 더 이상의 조사는 하지 않은 것이 분명했다.

만약 천의맹이 시신을 해부했더라면 결과가 조금쯤은 달라졌을 것이다.

물론 진검룡도 극양지기로 내가중수법을 사용할 줄 알지만, 구태여 검으로 죽이고 나서 또다시 내가중수법으로 장기를 숯덩이로 만들 필요는 없다.

괜한 내공 소모다. 그러므로 천의맹 감찰대와 천의십수가 시신을 해부했더라면 진검룡의 수법이 아닐지도 모른다고, 그리고 누군가 모함을 하는 것일 수도 있다고 의심 정도는 하게 되었을 것이다.

"흉수는 승화문 고수들을 먼저 내가중수법으로 죽인 후에 시신에 혈화흔을 만든 것 같습니다."

시신은 심장이 멈췄기 때문에 상처가 나도 피를 뿜어내지는 않지만, 몇 방울의 피는 흘릴 수 있다. 그러므로 조탁의 말은 충분히 일리가 있었다.

그때 진검룡과 조탁은 누군가 이쪽으로 걸어오고 있는 것을 동시에 똑같이 감지했다.

사박사박.

호숫가 모래를 밟는 부드러운 발자국 소리다.

진검룡은 오고 있는 사람이 부상쾌라는 것을 알고 있었다.

조탁은 오고 있는 사람으로 인해서 대화가 끊어지는 것을 원하지 않았다.

그래서 그를 제압하려고 품속에 손을 넣으며 그쪽으로 몸을 돌리려는데 진검룡이 손을 뻗어 조탁의 팔을 잡았다.

"……."

조탁은 그의 표정만 보고도 다가오는 사람을 건드리지 말라는 뜻을 알아차렸다.

여태 아무런 반응도 보이지 않던 진검룡이 자신의 팔을 잡으면서까지 제지하자 조탁은 적잖이 놀라 다가오고 있는 사람을 쳐다보았다.

어두운 밤이지만 삼십여 장 거리에 있는 사람, 즉 부상쾌가 한 손에는 술병을, 다른 손에는 안주가 담긴 그릇과 젓가락을 들고 걸어오고 있는 모습이 똑똑하게 보였다.

조탁은 진검룡이 진원분타의 일개 조장이라고 알고 있으므로 다가오고 있는 여자가 조원일 것이라고 생각했다.

하지만 그녀가 진검룡과 특별한 사이일 것이라는 추측은 하지 않았다.

진검룡은 그런 사내가 아니라는 것을 잘 알고 있었기 때문이다. 그에게는 천의맹주 백소운이 있다. 알 만한 사람은 다 알고 있는 사실이다.

진검룡이 팔을 놓자 조탁은 열정적인 표정으로 말했다.

"대주, 이제 칩거를 풀고 행동하실 때입니다. 저는 만반의 준비가 되었습니다.”

진검룡은 힐끗 부상쾌를 쳐다보았다. 그녀가 이십여 장까지 걸어오고 있는 것이 보였다.

이 정도 거리면 이쪽의 대화를 듣지 못할 것이다. 하지만 계속 다가오면 곤란해진다.

“그만 가라.”

조탁은 자신이 그토록 절절하게 설명했는데도 간단하게 축객을 당하자 안타까움을 넘어서 불끈 화가 났다.

“대주!”

조탁의 얼굴에 안타까운 표정이 절절하게 떠올랐다.

“천하의 절대자 청룡검신이 이런 벽촌에서 한낱 조장이라니 말이 됩니까?”

“말을 삼가라.”

“제가 존경하던 청룡검대주는 이렇게 꽉 막힌 분이 아니었습니다! 대주께서 한마디만 하시면 천의맹의 절반 이상이 움직일 텐데 도대체 무엇 때문에 이러시는 겁니까?”

“조탁, 닥쳐라!”

“대주, 제발 누명을 벗으십시오!”

“너……”

진검룡이 은은히 분노한 얼굴로 조탁을 향해 돌아섰다.

그러나 조탁은 그 정도에 굽히지 않았다. 그는 자신이 가장 존경하는 진검룡이 모함을 당하고 이런 신세가 됐다는 사실을 인정할 수가 없었다.

"설마 대주께선 누가 누명을 씌웠는지 짐작하고 계신 것 아닙니까? 그렇다면 제가 짐작하는 사람과 동일 인물일 겁니다! 그 사람은 바로 백……."

"이놈!"

후웅—

퍽!

"크윽!"

묵직하게 허공을 가르는 음향과 둔탁한 소리, 그리고 답답한 신음성이 한꺼번에 터졌다.

부상쾌는 그 자리에 멈춰 있었다. 방금 진검룡과 낯선 사람의 대화를 들었기 때문이다.

'절대자 청룡검신……'

그녀는 반쯤 정신이 나간 얼굴이다.

'청룡검대주… 천의맹……'

그녀는 넋 나간 부윰한 얼굴로 진검룡을 쳐다보았다. 어두워서 그의 모습은 보이지 않고 야트막한 언덕 위에 우뚝 서 있는 모습만 보였다.

'누명을 쓰셨다고? 조장님께서……?

퍽!

"흑!"

그때 조탁이 부상쾌 두세 걸음 앞 모래바닥에 어깨를 아래로 한 채 떨어졌다.

그 바람에 부상쾌는 퍼뜩 정신을 차렸다. 아니, 깜짝 놀랐다고 해야 옳다. 그녀는 아직도 완전히 정신을 차리지 못한 상태다.

"으으……."

조탁은 비틀거리면서 힘겹게 일어섰다.

부상쾌는 그의 코와 입에서 피가 흐르는 것을 발견하고 깜짝 놀랐다.

그녀는 진검룡과 조탁을 번갈아 쳐다보았다. 진검룡이 있는 곳에서 이곳까지의 거리는 대충 잡아도 칠팔 장은 되는 것 같았다.

사람을 쳐서 칠팔 장이나 날려 보내다니, 그것은 말로만 듣던 무림고수의 내가수법이 아니고는 불가능하다.

'장력이었어…….'

창백한 안색의 조탁은 그 자리에 얼어붙어 있는 부상쾌를 힐끗 쳐다보았다.

그제야 그는 자신이 흥분해서 소리를 질렀다는 사실과 왜 진검룡이 일장을 발출했는지를 깨닫고 자신의 경거망동을 후회했다.

'이 사람이 조탁…….'

부상쾌는 아주 잠깐 자신을 쳐다본 조탁을 보면서 내심 중얼거렸다.

'조, 조탁!? 설마… 강남지총부주란 말인가……?'

그때 조탁은 진검룡을 향해 서서 옷매무새를 고치고는 공손히 포권을 하면서 허리를 굽혔다.

'속하는 죽어서도 대주의 수하입니다' 라는 뜻이다.

조탁이 물러가고 있으나 부상쾌는 물끄러미 진검룡만 바라보고 있을 뿐이다.

부상쾌는 조심스럽게 진검룡을 바라보았다.

그는 호수를 향해 앉아서 술병의 주둥이를 입에 대고 고개를 젖힌 채 술을 마시고 있었다.

조각한 듯한 얼굴, 일말의 감정도 떠올라 있지 않은 무심한 표정, 절제된 동작, 어느 것 하나 평소와 다르지 않은 모습이다.

하지만 부상쾌의 눈에는 진검룡이 평소와 많이 다르게 보였다. 그의 진정한 신분을 알았기 때문이다.

진검룡이 입에서 술병을 떼자 부상쾌는 조심스럽게 건육한 조각을 내밀었다.

원래 진검룡은 술을 마실 때 안주 같은 것을 먹지 않는다.

그것을 모르지 않는 부상쾌가 어째서 건육을 내밀었는지 모를 일이다.

슥.

그런데 진검룡이 건육을 받아 입으로 가져갔다. 그 아무렇지도 않은 작은 동작 때문에 부상쾌는 왈칵 눈물이 날 것만 같았다.

그녀는 노파 같은 얼굴에서 지금의 월궁항아 같은 미모를 되찾으면서 원래 사내들보다 더 팍팍했던 감정도 여리게 바뀐 듯했다.

슥.

이변은 거기에서 그치지 않았다. 진검룡이 부상쾌에게 자신이 마시던 술병을 내민 것이다.

부상쾌는 너무 놀라서 손을 내밀지도 못하고 그를 말끄러미 바라보았다.

그는 호수를 보고 있으면서 그녀에게 술병을 내밀고 있었다.

그녀가 술병을 받고 있지 않는데도 그는 술병을 내민 채 가만히 있었다.

쏴아아.

호수의 파도 소리인지 마침 불어오는 바람 소리인지 모를 것에 화드득 놀라 정신을 차린 부상쾌는 급히 진검룡의 손에서 술병을 받아 쥐었다.

술병 주둥이를 입으로 가져가는 두 손이 바르르 떨렸다.

몹시도 성스러운 의식을 거행하듯 술병 주둥이를 입에 댔다. 마시지 말고 잠시 이대로 있으면서 진검룡의 입의 체취를, 어쩌면 남아 있을지도 모를 타액이라도 느껴봐야지라고 생각했는데 바보 같은 타성(惰性)은 고개를 뒤로 젖히더니 술병을 들어 올리고 있었다.

스스로 자책할 여유도 없이 차갑고 짜릿한 액체가 입안을 통해서 목구멍으로 흘러들어 갔다.

하지만 그녀는 전혀 느끼지 못했다. 술병 주둥이에는 아무런 느낌도, 기대하던 타액도 남아 있지 않았으나 그녀는 그곳에서 진검룡을 느꼈다.

절대자 청룡검신… 청룡검대주… 천의맹… 누명…….

어둡다 못해서 시퍼런 슬픔이 느껴졌다. 진검룡이 어째서 그토록 우울했는지 전부는 모르겠지만, 아주 조금쯤은 알 수 있을 것 같았다.

자신의 슬픔이 아니면서도, 그리고 그 조금만으로도 부상쾌는 마음이 푸석푸석해지는 것을 느꼈다.

술병을 떼고 그녀는 진검룡에게 쓰러졌다.

"으아앙—!"

왜 봇물이 터지듯 눈물이 쏟아지는지 모를 일이다.

진검룡은 그녀를 품에 안고 부드럽게 등을 쓰다듬어 주었다.

'나는 괜찮다. 걱정할 것 없다.'

그의 손길이 그렇게 말해주고 있었다.

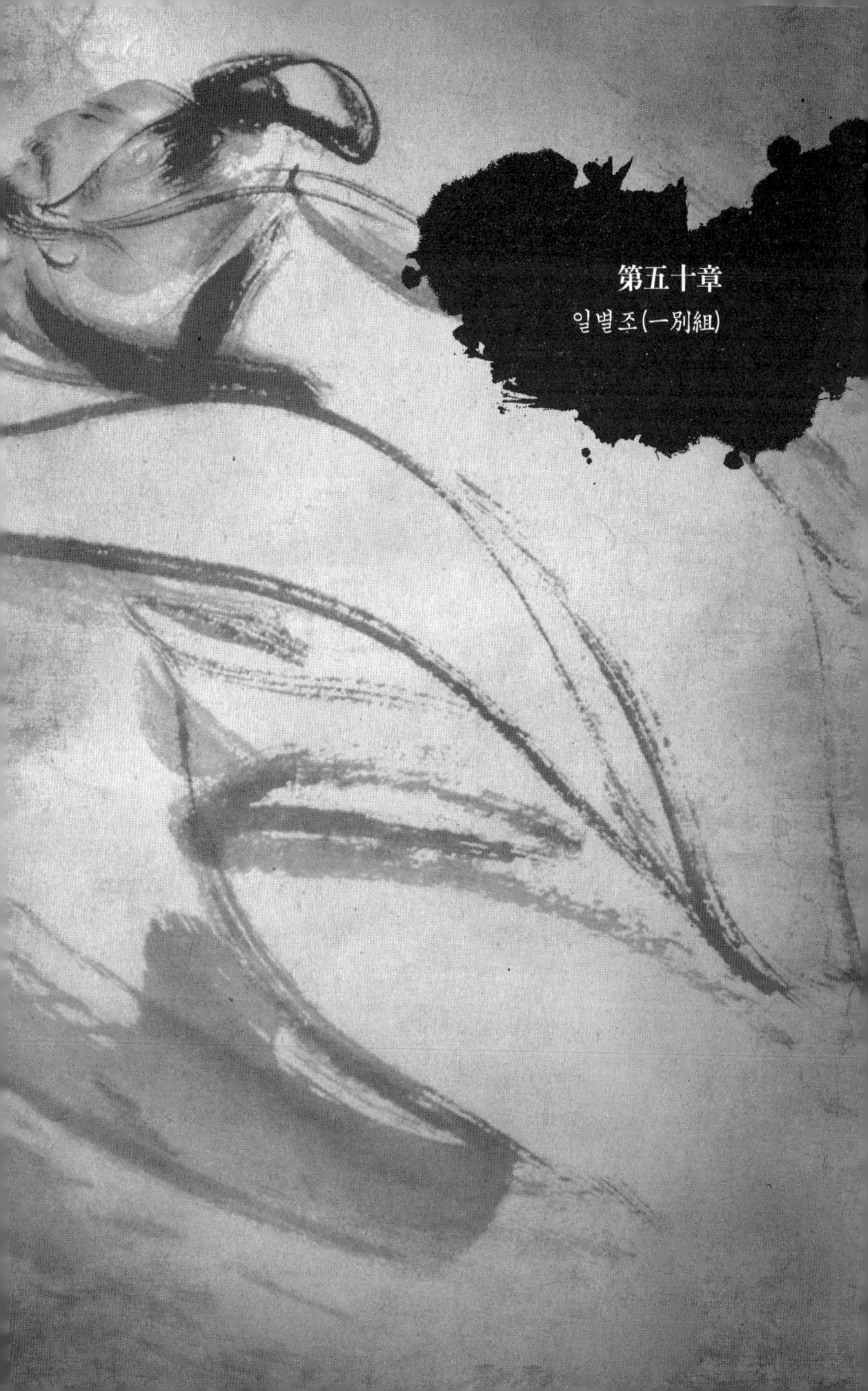

第五十章
일별조(一別組)

大中原

덜그럭… 덜컹…….

곤명성 서쪽 외곽에 수레 두 대가 한가롭게 굴러가고 있다.

각각 말 두 필이 끄는 두 대의 수레에는 햇빛을 막는 차일이 쳐져 있고, 마부석의 와평과 동풍을 제외한 열세 명이 옹기종기 모여 앉거나 누워 있었다.

뒤따르고 있는 수레 뒤쪽에는 진검룡이 다리를 앞쪽으로 뻗은 채 두 손을 깍지 껴서 뒷머리를 받치고 하늘을 향해 반듯하게 누워 있다.

그의 어깨 오른쪽에는 부상쾌가 책상다리를 한 채 허리를 꼿꼿하게 펴고 앉아 있으며, 앞쪽에는 낭랑과 주소영, 무악,

미미가 서로 마주 보고 둥글게 가부좌로 모여 앉아서 자령심공을 운공조식하고 있다.

그리고 진검룡의 머리 뒤쪽 수레의 끄트머리에는 고선이 걸터앉아 수레가 흔들리는 대로 몸을 내맡기고 있다.

진검룡의 정수리와 고선의 둔부가 맞닿아 있지만 두 사람은 전혀 신경 쓰는 것 같지 않았다.

진검룡은 눈을 감고 자고 있는 듯한 모습이다.

경혼조원들은 그의 이처럼 흐트러진, 아니, 편안한 모습을 자주 보는 편이 아니다.

그렇지만 다들 그가 가끔씩은 지금처럼 편안했으면 좋겠다고 생각했다.

앞선 수레의 남자들은 짐 꾸러미를 베고 눕던가 기대서 한가롭게 흔들거렸다.

"조장은 아방궁(阿房宮:진시황의 궁전)에 파묻혀서 좋겠군."

그때 증혜가 졸려서 반쯤 감은 눈으로 뒤쪽 수레를 보면서 중얼거렸다.

증혜 옆에서 짐 꾸러미를 베고 누워 눈을 감고 있던 조제가 이죽거렸다.

"네 눈에는 저기가 아방궁으로 보이느냐?"

증혜가 뒤의 수레를 아방궁이라고 한 이유는 그곳에 진검룡과 무악을 제외하곤 모두 여자들이기 때문이다. 즉, 진검룡을 아리따운 후궁들에게 둘러싸인 진시황을 빗댄 것이다.

조제의 말에 증혜는 뒤쪽 수레에 타고 있는 여자들을 한 명씩 쳐다보고 나서는 얼굴을 잔뜩 찌푸렸다.

"젠장, 아방궁이 아니라 나찰궁(羅刹宮)이로군?"

그의 눈에 비친 뒤쪽 수레의 여자들 중에서 그나마 만만한 사람은 미미뿐이다.

하지만 미미는 지난번 야산 아래에서의 싸움에서 도합 다섯 명의 적을 죽인 뒤로는 예전하고 많이 달라졌다.

여전히 명랑하게 뛰어다니고 수줍은 미소를 짓지만, 박투술을 수련할 때에는 여투사(女鬪士)가 따로 없을 정도로 길길이 날뛴다.

뿐인가? 예전에는 무엇이든 조원들에게 양보하고 순응했었는데 이제는 그러지 않는다. 자신의 것은 확실하게 챙기고 자기주장이 강해졌다.

가장 만만했던 미미가 그런데 다른 여자들이야 더 이상 무슨 말이 필요하랴.

부조장인 소나찰 주소영이나 괴팍한 낭랑, 찔러도 피 한 방울 나오지 않을 것 같은 부상쾌, 얼마 전까지 한매궁주였던 고선은 여전히 조원들에게는 오만하고 도도한 여자다.

그런데 그 모든 여자들이 조장 진검룡에게만은 순한 양이나 다름없이 군다. 진검룡이 그렇게 길들인 것이다.

경혼조원들은 진검룡의 제자들과 낭랑이 운공조식하는 것을 매우 부러워하고 있었다.

조원들 중에서 운공조식을 할 줄 아는 사람은 훈용강과 사도풍, 증혜뿐이다.

그러나 그들이 배운 심법은 삼류이기 때문에 내공의 생성, 증진이 무척 더딘 편이었다.

그래서 진검룡이 제자들에게만 가르친 자령심공을 배우고 싶은 것이다.

그렇지만 현재 조원들은 발도산검파를 연마하는 것만으로도 벅찬 상황이다.

발도산검파가 배우면 배울수록, 연마하면 할수록 변화가 무궁무진하고 실력이 쑥쑥 증진되기 때문이다.

"조장님."

그때 먼 산을 응시하고 있던 고선이 뒤돌아보지 않은 채 조용히 중얼거렸다.

그러나 진검룡은 눈을 뜨지도, 꼼짝도 하지 않는다.

고선은 쓸쓸한 얼굴로 혼잣말처럼 중얼거렸다.

"다른 오라버니들은 지은 죄가 있어서 괜찮은데… 명 오라버니가 불쌍해요."

바로 그것이 그녀가 곤명성을 출발한 이후 내내 쓸쓸했던 이유였다.

큰오빠 고후가 곤명지부주에서 쫓겨났기 때문에 형제들 모두 끈 떨어진 연 신세가 되고 말았다.

하지만 고선은 그들이 징강지부와의 싸움에는 일체 신경

도 쓰지 않고 오히려 그것을 기회로 부당하게 재물만 탐했다는 사실을 알고 있기 때문에 당연한 결과라고 여겼다.

하지만 아무리 생각해 봐도 고명의 신세만은 안타깝기 그지없었다. 그는 곤명지부 뇌격전주로서 누구보다도 열심히 징강지부와의 싸움에 임했으며, 많은 사람들로부터 존경을 받았기 때문이다.

또한 고선은 어렸을 때부터 다른 오빠들하고는 별로 정이 없었지만 고명하고는 정말로 우애가 깊었었다.

큰오빠인 고후와 다른 형제들은 자기들끼리 뭉쳐서 어떻게든 난관을 극복해 나가려고 할 것이다.

하지만 고명은 애초에 그들과 어울리려고 들지 않기 때문에 혼자서 자신에게 닥친 운명을 헤쳐 나가야만 하는 것이다.

고선은 허리를 비틀어 상체를 돌려서 진검룡을 물끄러미 굽어보았다.

진검룡은 눈을 감은 채 조용히 말했다.

"선아, 그가 어떻게 돼야 최선이냐?"

고선은 그를 굽어보며 흑백이 또렷한 눈을 깜빡거리면서 잠시 생각하다가 대답했다.

"곤명지부를 떠나지 않는 것이겠지요."

"아마 그렇게 될 것이다."

"정말요?"

"그래."

진검룡은 강무교가 고명을 존경하고 있는 것을 알고 있다. 그러므로 필경 고명을 중히 기용할 것이 분명하다.

고선은 눈물을 글썽이며 진검룡을 바라보다가 고개를 숙여 그의 머리를 잡더니 이마에 부드럽게 입을 맞추었다.

진검룡은 눈을 뜨지 않았고, 모두들 운공조식을 하느라 그 광경을 보지 못했으나 오직 부상쾌만은 힐끗 날카롭게 고선을 쳐다보았다.

뚝.

진검룡의 이마에 입을 맞추고 있는 고선의 눈에 고였던 눈물 한 방울이 이마로 떨어졌다.

그녀가 입술을 떼고 고개를 들 때 부상쾌는 그녀의 눈빛을 보았다.

그런데 그 눈빛은 부상쾌 자신이 진검룡을 바라볼 때의 눈빛과 닮아 있었다.

우두두두.

그때 관도의 맞은편 멀리에서 한 대의 마차가 달려오고 있는 것이 보였다.

마차가 조금 더 가까이 다가오자 앞쪽 수레를 몰던 와평이 놀라는 표정으로 고개를 돌려 진검룡에게 보고했다.

"조장님, 비룡당주가 오고 있습니다."

두두둑.

잠시 후 마차는 두 대의 수레 중간 옆에 멈추었다.

그러더니 마부석에서 적설이 뛰어내려 진검룡에게 다가갔다.

"진 조장, 누가 왔는지 보게."

그제야 진검룡은 몸을 일으켜 적설을 쳐다보았다.

척!

그때 마차 문이 열리고 한 사람이 내리자 경혼조원들은 크게 놀랐다.

내린 사람이 다름 아닌 옥청이었기 때문이다.

진검룡은 옥청을 발견하고 어떻게 된 일인지 대충 짐작했다. 적설이 강무교의 명령으로 옥청을 데려온 것이라고 생각한 것이다.

평범하지만 깨끗하게 빤 옷을 입은 옥청은 다소곳이 서서 진검룡에게 살포시 고개를 숙여 인사했다.

무악 등은 아직 운공조식 중이기 때문에 옥청의 출현을 모르고 있었다.

적설은 빙그레 미소 지으며 옥청을 가리키면서 진검룡에게 말했다.

"이분은 이제부터 곤명지부 내의 주방 숙수장(熟手長)을 맡기로 하셨네."

곤명지부 내에는 다섯 개의 큰 주방이 있으며, 그곳에서 일하는 사람만도 삼십여 명에 이른다. 그런데 옥청이 그들의 우두머리인 숙수장이 됐다는 것이다.

진검룡은 옥청을 묵묵히 바라보고, 옥청도 그를 다소곳이 마주 바라보았다.

옥청은 반가움을 비롯한 여러 감정이 뭉클뭉클 샘솟았으나 얼굴에 드러내지 않으려고 애썼다. 하지만 크게 일렁이는 눈빛을 감추지는 못했다.

적설은 다른 말은 하지 않고 진검룡에게 어디로 가느냐고 묻지도 않은 채 옥청을 마차에 태우고 자신은 마부석에 성큼 올라탔다.

우두두.

경혼조원들은 출발하는 마차를 눈으로 좇았다.

"이려!"

잠시 후 앞선 수레의 와펑이 말고삐를 가볍게 후리자 수레가 천천히 출발했고, 즉시 뒤쪽 수레의 동풍도 수레를 출발시켰다.

마차 안에 타고 있는 옥청은 조마조마한 심정으로 두 손을 가슴에 모았다.

진검룡이 수레를 되돌리지 않고 그냥 진원현으로 갈까 봐 불안해서 죽을 지경이었다.

그녀는 자신 때문에 진검룡이 진원분타로 가려 한다는 말을 적설에게 듣고서 반신반의했었다.

자신이 진검룡에게 영향을 미칠 만큼 큰 존재가 아니라고 생각하기 때문이다.

그래서 진검룡을 곤명지부에 붙잡아두고 싶어하는 강무교가 옥청을 곤명지부의 숙수장으로 임명하면 진검룡이 진원분타로 가지 않을 것이라는 말을 들었을 때에도 전혀 자신이 서지 않았었다.

그런데 방금 전에 그녀는 자신을 보고서도 무표정한 진검룡을 보고는 아예 체념 상태가 되고 말았다.

'그분은 나 같은 것 때문에 진원분타로 가려는 게 아니실 거야. 그러니 수레를 되돌릴 리가 없어.'

마부석의 적설도 초조하기는 마찬가지다. 그는 태어나서 이날까지 누군가를 이처럼 좋아하고 존경한 적이 없었다. 강무교를 충심으로 따랐었지만 지금 진검룡을 좋아하는 것만큼은 아니었다.

그는 진검룡이 곤명지부에 남아서 멋진 활약을 해주기를 진심으로 바라고 있었다. 아니, 활약을 하지 않더라도 매일 그를 볼 수 있고, 또 그에게서 뭔가를 배울 수 있으면 그것으로 만족했다.

'제발……'

또한 그는 무엇인가를 이처럼 간절하게 원해본 적도 없었다. 하지만 그는 조금 전 진검룡에게 '옥청을 곤명지부로 데리고 가니까 자네도 돌아오게' 라는 식의 말을 하지 않았던 것을 후회하지는 않는다.

그에게는 단지 옥청을 보여주는 것만으로 족하다. 달리 선부르게 말을 보탰다가 오히려 일을 망칠 수도 있기 때문이다.

경혼조의 수레와 헤어진 지 꽤 지난 것 같은데도 수레가 되돌아오는 기미가 없자 적설은 점점 초조해지기 시작했다.

'이게 아닌가? 진 조장은 무악 어머니를 좋아하는 게 아니었나? 지부주가 잘못 생각한 것인가?'

별별 생각들이 다 들었다.

마차가 야트막한 언덕 위로 올라섰을 때 적설은 도저히 참지 못하고 고개를 옆으로 빼서 재빨리 힐끗 뒤돌아보았다.

그런데 아무것도 보이지 않았다. 마차에서 일으킨 흙먼지만 뽀얄 뿐이다.

혹시 흙먼지 때문에 안 보이는 것은 아닌가 하여 고개를 이리 빼고 저리 빼면서 다시 살펴봐도 역시 경혼조의 수레는 보이지 않았다.

'이런……'

온몸의 맥이 한순간에 탁 풀렸다. 역시 강무교의 계략은 먹히지 않았다.

말고삐를 힘껏 잡아당기자 두 필의 말이 앞발을 치켜들면서 급히 멈추었다.

"하아… 이제 어쩐다?"

마차가 급히 멈추는 바람에 놀란 옥청은 적설의 중얼거림을 듣고 그보다 더 낙담했다.

진검룡이 역시 자신 같은 것 때문에 되돌아오지 않을 것이라고 생각했지만 그것이 막상 현실로 나타나자 앉아 있는 마차 안 바닥이 내려앉는 것만 같았다.

"어머니―!"

"엄마―!"

그때 뒤에서 남녀의 외침이 아스라이 들려왔다.

옥청은 급히 마차 문을 열고, 적설은 움찔 놀라서 다급히 뒤를 돌아보았다.

"아아……."

그리고는 옥청과 적설의 입에서 똑같은 탄성이 흘러나왔다.

저 멀리 무악과 미미가 전력으로 달려오고 있었고, 그 뒤에 경혼조의 두 대의 수레가 오고 있는 것이 보였다.

적설은 그제야 깨달았다, 수레에 비해서 자신이 모는 마차가 너무 빨리 달렸다는 사실을.

옥청은 마차에서 내려 무악과 미미를 향해 마주 달려갔다.

달려가는 그녀의 눈에서 하염없이 눈물이 쏟아졌다. 물론 무악과 미미가 반가웠다.

하지만 그보다 진검룡이 수레를 되돌렸다는 사실이 가슴 떨리도록 고마웠다.

그것은 그가 옥청을 절대로 가볍게 보지 않는다는 증거이기 때문이다.

“어머니!”

“엄마!”

“악아! 미미야!”

세 사람은 오랫동안 헤어졌다가 만난 이산가족처럼 한 덩이가 되어 서로 얼싸안았다.

무악은 옥청이 자신을 안고서도 눈물을 흘리면서 뒤쪽에서 오고 있는 수레를 바라보고 있는 것을 보고는 빙그레 미소 지었다.

“사부님께서도 오고 계세요.”

“그래?”

아들에게 속내를 들킨 줄도 모르고 옥청은 저만치 보이는 수레에서 시선을 떼지 못했다.

“우리 경혼조는 원래 곤명지부에 계속 있으려고 했는데 제가 사부님께 어머니께서 진원현으로 돌아가셨다는 말씀을 드리니까 사부님께서 그 즉시 진원분타로 돌아가야겠다고 결정하셨어요.”

“그랬었느냐?”

무악과 미미는 옥청이 눈물을 흘리면서도 환한 미소를 짓는 모습을 흐뭇하게 바라보았다.

두 사람은 분명하게 확인을 했다, 옥청이 사부 진검룡을 사랑하고 있다는 사실을.

　　　　　*　　　　*　　　　*

늦은 밤.

곤명성 중심가에서 조금 벗어난 동천로(東川路)에 위치한 방파 적풍보(赤風堡).

곤명성에 있는 오십여 개의 방, 문파 중에서도 규모가 큰 편에 속하는 적풍보는 정파도 사파도 아닌 정사간(正邪間)의 방파다.

이십여 채의 크고 작은 전각으로 이루어졌으며, 이백오십여 명의 수하들을 거느리고 있다.

"당치도 않은 소리를!"

탕!

적풍보주인 적풍대도(赤風大刀) 염인무(廉引茂)는 손바닥으로 탁자를 세게 내려치면서 화를 버럭 내며 튕기듯이 벌떡 일어섰다.

"본 보를 일개 분타로 삼겠다니 말이나 되는 소린가! 당장 꺼져라!"

그는 불처럼 노해서 맞은편에 앉아 있는 피처럼 시뻘건 혈삼(血衫)을 입은 중년인에게 삿대질을 해가며 쩌렁하게 소리쳤다.

적풍대도 염인무는 오십삼 세에 당당한 체구를 지녔으며,

한 자루 붉은 적풍도를 무기로 사용하여 무명(武名)을 날렸기에 적풍대도라는 별호를 얻었다.

적풍보의 '적풍'이라는 이름이 말해주듯이, 적풍보는 전각이나 옷 따위의 거의 모든 것에 붉은색을 사용하고 있다.

그런데 염인무를 분노하게 만든 인물은 적풍보의 붉은색보다 훨씬 짙은 핏빛 옷을 입고 있었다.

"당장 내 눈앞에서 꺼지지 않으면 명년 오늘이 네놈의 제삿날이 될 것이다!"

염인무는 벽에 걸려 있는 자신의 애도 적풍도를 벗겨서 왼손에 잡고 오른손으로 도파를 움켜잡으며 당장에라도 뽑을 듯한 기세로 혈삼인을 쏘아보았다.

염인무의 좌우에 서 있는 총관과 총당주도 기세등등한 표정으로 언제든 출수할 태세를 갖추었다.

혈삼인은 밤늦은 시간에 단신으로 불쑥 찾아와서 적풍보를 자신들 조직의 곤명분타로 삼겠다는 말도 되지 않는 소리를 지껄여 댔다.

더구나 염인무 등이 분노해서 소리를 지르는데도 혈삼인은 미동도 하지 않을뿐더러 표정마저도 차분했다.

"곤명성에는 총 오십삼 개의 방, 문파가 있으며 그중 천의맹에 가입한 곳은 천의맹 곤명지부를 비롯하여 여섯 군데요. 솔직히 곤명성은, 아니, 운남무림 전체가 그들 수중에 있는 것이나 다름이 없는 상황이오."

혈삼인의 조용한 말이 어느 정도 마음을 움직였기에 염인무 등은 도대체 무슨 말인지 어디 들어나 보자는 듯 화를 눌러 참았다.

"나머지 사십칠 개 방, 문파들은 천의맹에 가입하고 싶은 마음이 간절해도 받아주지 않기 때문에 곤명지부와 천의맹 소속 여섯 개 방, 문파에게 휘둘림을 당해도 감수할 수밖에 없는 실정이오."

과연 혈삼인의 말은 염인무의 정곡을 찔렀다.

"적풍보도 천의맹에 여러 차례 가입 신청을 했으나 번번이 퇴짜를 맞지 않았소? 이유는 적풍보가 정사간의 방파라는 것, 오직 그 하나 때문이었소."

염인무는 묵직하게 끙! 하고 신음을 흘렸다. 혈삼인의 말이 정확하기 때문이다.

"적풍보가 곤명성에, 아니, 무림에 발을 붙이고 있는 한 천의맹에 가입할 수는 없을 것이오. 정파도 가입하기가 하늘의 별을 따는 것처럼 어려운 처지인데, 하물며 영원히 정사간이라는 딱지가 붙어 다니는 적풍보로서는 요원한 일이오."

그렇지 않아도 심기가 불편했던 염인무의 얼굴이 씰룩거리며 붉어졌다.

그러나 혈삼인은 개의치 않고 할 말을 계속했다. 그는 수양 면으로는 염인무보다 한 수 위였다.

"그렇다면 적풍보는 앞으로도 곤명성에서 천의맹 곤명지

부와 다섯 개 방, 문파의 눈치를 보면서 수많은 불이익과 모멸을 감수해야만 할 것이오. 그 말은 적풍보에겐 더 이상 희망이 없다는 뜻이오."

혈삼인은 아예 단정을 해버렸다.

그것만 생각하면 울화가 치밀어서 자다가도 벌떡 일어나는 염인무인데, 혈삼인의 말은 활활 타오르는 불에 기름을 끼얹는 격이었다.

쿵!

"그래서 어쨌다는 겐가? 네놈이 말하는 조직의 분타가 되면 없던 희망이 생기기라도 한다는 말이냐?"

그는 발을 세게 구르며 실내가 쩌렁하게 울릴 정도로 소리를 질렀다.

"그렇소."

그런데 혈삼인의 대답이 뜻밖이다. 그는 두 팔의 팔꿈치를 탁자에 얹고 두 손을 깍지 낀 채 엷은 미소를 지으면서 염인무를 주시했다.

"우린 앞으로 곤명성, 아니, 운남성 전체에서 천의맹의 떨거지들을 깡그리 몰아낼 생각이오."

"……!"

너무 엄청난 말에 염인무는 할 말을 잃었다.

그렇지만 혈삼인이 농담을 하는 것 같지는 않았다. 아니, 그는 지나칠 정도로 여유있는 모습으로 염인무를 날카롭게 주시하고 있었다.

잠시가 지난 후에야 염인무는 억눌린 듯한 목소리로 입을
열었다.

"귀하의 조직은 어떤 곳이오?"

그의 말투도 변했다.

혈삼인의 입가에 떠올라 있는 미소가 조금 더 짙어졌다.

"혈마련(血魔聯)이오."

                    *   *   *

다시 열흘이 지났을 즈음 천의맹 곤명지부는 표면적으로
는 대충 정리가 끝났다.

진원분타 세 개 당과 원래 곤명지부 소속의 무사들, 그리고
새로 뽑은 무사들을 합쳐서 천여 명에 이르는 대규모 조직으
로 거듭났다.

곤명지부는 이전(二殿), 십당(十堂), 이십향(二十香), 사십조(四
十組), 그리고 일별조(一別組)라는 새로운 직제 개편을 단행했
다.

이전은 내전(內殿)과 외전(外殿)으로 나뉘고, 각 당은 백여
명씩, 각 향은 오십여 명, 각 조는 이십오륙 명씩으로 배정됐
다.

총관에는 고명이 임명됐고, 총당주에는 적실, 각 당주와 각

향주, 각 조장들은 마땅한 인물들이 두루 포진되었다.

그런데 곤명지부에는 다른 방, 문파에는 없는 새로운 직제가 하나 생겨났다.

이름하여 일별조다.

곤명지부주 강무교가 진검룡을 어떤 지위에 임명해도 받아들이지 않자 궁리 끝에 만들어낸 직제로서, 순전히 진검룡을 위한 배려다.

일별조는, 즉 경혼조를 가리킨다. 경혼조는 전이나 당, 향에도 속하지 않으며, 총관 이하 어느 누구의 명령이나 간섭도 받지 않는다.

심지어 강무교의 권한 밖에 존재하는 하늘 아래 단 하나뿐인 조(組)인 것이다.

또한 경혼조는 조장 진검룡과 조원 열네 명으로 구성되어 곤명지부 내의 사십일 개 조 중에서 가장 인원이 적지만, 자부심과 긍지는 가장 큰 조다.

또한 곤명지부의 모든 조원들이 경혼조에 들어가기를 꿈꾸지만 경혼조원은 아직도 여전히 열네 명뿐이었다.

왜냐하면 경혼조원들이 자신들 열네 명이 한 명도 빠짐없이 찬성을 해야지만 가입할 수 있다는 단서 조항을 새로 만들었기 때문이다.

괴팍하기 짝이 없는 경혼조원 열네 명 모두의 찬성을 얻어내는 일은 하늘의 별을 따는 것보다 어려운 일이었다.

곤명지부의 직제 개편 이후에 경혼조는 며칠이 지나기도 전에 곤명성 내에서 가장 유명한 존재가 되었다.

곤명지부 무사들은 일률적으로 내전은 청의, 외전은 황의를 입으며, 오른쪽 가슴의 원에는 '천의곤명', 왼쪽 가슴의 원에는 소속 당명(堂名)과 향명(香名), 조명(組名)이 차례로 수놓아져 있었다.

그에 비해서 경혼조는 모두 흑의경장을 입고, 오른쪽 가슴에는 '천의곤명', 왼쪽 가슴에는 송곳니가 삐죽 튀어나오고 머리에 두 개의 뿔이 달린 마귀가 희고, 붉고, 노란 삼색으로 정교하게 수놓아져 있었다. 마귀는 경혼조의 상징이다. 즉, 혼이 놀란다는 뜻이다.

경혼조원이 곤명성 내를 걸어가면 사람들이 부러움과 존경의 표정으로 바라보며 알아서 길을 비켜준다.

얼마 전 곤명지부와 사황벌 징강지부와의 싸움에서 경혼조가 눈부신 활약을 했다는 것과 경혼조장이 적진 한가운데에서 뇌격전주 고명 이하 수백 명을 털끝 하나 다치지 않고 무사히 구해왔다는 소문이 퍼지자 사람들은 더더욱 경혼조와 조장을 우러러보았다.

원래 곤명지부는 백오십여 채의 크고 작은 전각으로 이루어져 있었다.

그런데 그중에 절반 이상이 창고이거나 유흥을 위한 누각, 정자, 별채 따위다.

고후 사 형제가 긁어모은 재물을 쌓아두고, 거의 매일이다시피 기녀들을 불러 술 마시면서 뚱땅거리며 놀던 불필요한 시설들이다.

강무교는 창고를 이십여 개로 대폭 줄이고, 그래도 남는 창고들은 무사들의 수련장과 숙소로 만들었으며, 누각과 정자들은 모두 없앴는가 하면, 별채들을 개조하여 그것 역시 무사들의 숙소로 만들었다.

경혼조가 다른 조들과 차별화되는 것은 무수히 많지만 그 중에서도 두 가지를 꼽으라면 단연코 숙소와 녹봉이라고 할 수 있었다.

십 개 당 사십 개 조의 조원들은 모두 균일한 숙소에서 생활을 한다.

그러나 경혼조에게는 따로 경혼각(驚魂閣)이라는 이 층짜리 전각이 제공됐다.

그곳 일층에는 조장 집무실과 조원들의 편좌방, 주방이 딸린 식당, 수련실, 두 개의 욕실이 갖춰져 있으며, 이층에는 삼십 개의 방과 수련실, 편좌방, 두 개의 욕실이 구비되어 있다.

그래서 경혼조원들은 경혼각 내에서 숙식은 물론이고 무술까지 수련할 수 있으며, 열다섯 명이 방 하나씩을 차지하고서도 열다섯 개의 방이 남았다.

강무교는 경혼조를 위해서, 아니, 무악과 진검룡을 위해서 특별한 배려를 하나 더 해주었다.

경혼각 이층에서 옥청이 지낼 수 있도록 해준 것이다. 그것도 진검룡 방 바로 옆방을 그녀의 방으로 꾸며주었다.

진검룡과 옥청의 방은 다른 조원들 방보다 두 배 정도 크고 거실과 침실이 따로 있었다.

경혼각 이층에 올라가면 왼쪽에 스무 개의 방들이 죽 늘어서 있으며, 맞은편은 수련실과 편좌방, 욕실, 그리고 열 개의 방이 있다.

진검룡과 옥청을 비롯한 경혼조원 전체는 왼쪽의 방을 하나씩 차지했다.

그러는 데에는 이유가 있었다. 왼쪽 창밖에 운치있는 아담한 인공 호수가 펼쳐져 있기 때문이다.

진검룡과 옥청의 방은 한가운데에 나란히 붙어 있었다. 그것은 강무교가 그렇게 정해놓았기 때문에 어쩔 수가 없다. 또한 그것에 대해서 진검룡은 좋다 싫다 별다른 말이 없었다.

진검룡의 방 오른쪽에 옥청의 방이 있는데, 문제는 진검룡 왼쪽 방을 누가 차지하느냐는 것이었다.

그것을 놓고 무악과 낭랑, 주소영, 미미, 고선, 부상쾌, 심지어 훈용강까지 일곱 명이 팽팽하게 대치를 했으나 결국 부상쾌의 차지가 되었다.

부상쾌가 진검룡의 왼쪽 방문 앞에 책상다리로 앉아서 시퍼런 칼을 뽑아 무릎에 얹고는 아무 말도 하지 않은 채 눈을 부릅뜨고 있는 데에는 모두들 두 손 들 수밖에 없었다.

경혼조의 두 번째 특혜는 녹봉인데, 예전 진원분타 시절에 받았던 것보다 무려 열 배나 껑충 뛰어오른 은자 오십 냥을 받게 되었다.

예전 진원분타의 당주 녹봉이 은자 이십 냥이었고, 이곳 곤명지부에서 사십 냥으로 인상됐는데, 경혼조원들은 그보다 열 냥이나 더 받게 된 것이다.

"감사합니다, 조장님."

도록, 아니, 주록(朱祿)은 진검룡에게 공손히 허리를 굽혔다.

그는 지난번 야산 아래의 전투에서 주소영을 구하려다가 죽을 뻔했었고, 진검룡에 의해서 살아난 이후 그녀와 더할 수 없이 좋은 남매 사이가 되었다.

그래서 성도 주소영 엄마의 성을 따라 주씨가 되어 주록으로 개명했다.

주록은 진검룡이 별다른 일이 없는 한 매일 한 시진 정도 의술에 대해서 배우고 있었다.

일전에 전지 호숫가 진원분타 천막 안에서 부상자들을 치료할 때 주록은 의술에 관심을 보였고, 진검룡이 지혈하는 방법 등 몇 가지를 가르쳐 주자 남다른 성취를 보였었다.

이후 그는 야산 아래의 싸움에서 큰 중상을 입어 목숨이 경각에 처했다가 진검룡의 치료 덕분에 살아나서는 부쩍 더 의술에 관심을 기울이더니, 어느 날 진검룡에게 정식으로 의술을 배우고 싶다고 조심스럽게 부탁을 하기에 이르렀다.

물론 진검룡은 흔쾌히 승낙을 했으며, 이후 그는 지금까지 매일 한 시진씩 의술을 배우고 있는 중이었다.

방금 주록은 의술 공부를 끝내고 방을 나가기 전에 진검룡에게 인사를 한 것이다.

진검룡은 주록에 대해서 어떻게 생각하는지 모르지만, 주록은 그를 마음속 깊이 사부라고 생각한다.

주록이 물러가자 진검룡은 자신의 집무실을 나와 이층으로 향했다.

그가 계단 쪽으로 걸어가고 있는데, 식당에서 옥청이 나오다가 그와 마주쳤다.

막 요리 재료를 씻고 나서 나온 탓에 두 팔을 걷어붙이고 물 묻은 뽀얀 팔뚝을 드러낸 옥청은 진검룡을 보자 깜짝 놀라서 급히 한옆으로 물러나며 공손히 고개를 숙였다.

진검룡은 가볍게 고개를 끄덕이고는 그녀 앞을 천천히 걸어서 지나갔다.

옥청은 고개를 들고 진검룡의 뒷모습을 눈이 부신 듯 바라보았다.

그가 이층으로 향한 계단을 오르려고 몸을 반쯤 틀다가 무심코 이쪽을 쳐다보자 옥청은 화들짝 놀라서 얼굴을 확 붉히며 급히 고개를 다시 숙였다.

그러나 진검룡은 곧 그녀에게서 시선을 거두고 계단 위로 올라가 버렸다.

요즘 옥청은 하루하루가 꿈결처럼 행복했다. 무엇 하나 부족한 것이 없으며 더 이상 바랄 것이 없었다.

그녀가 원하던 모든 것이 이루어졌다. 모든 것이라고 해봤자 진원현에서처럼 진검룡과 무악 곁에 머물면서 조석으로 돌보고 싶다는 것이 전부다.

그런데 그녀가 소원하던 것보다 더 크게 이루어졌다. 요즘처럼 경혼조가 별일이 없을 때에는 하루 종일 진검룡과 경혼각에서 함께 있을 수 있기 때문이다.

그를 하루 종일 바라보고 있을 수는 없지만, 함께 같은 전각 안에 있다는 것과 조금 전처럼 이따금씩 마주칠 수 있다는 사실만으로도 옥청은 말로 표현할 수 없을 만큼 행복했다.

더구나 밤에 잠을 잘 때 벽 하나 너머에 진검룡이 자고 있다는 생각을 하면, 그의 품에 안겨서 자는 듯한 느낌이라서 가슴이 두근거렸다.

이층으로 올라온 진검룡은 곧장 수련실로 향했다.

척!

그가 문을 열고 들어가자 수련실 안에서 낭랑과 무악, 주소영, 미미, 고선, 부상쾌가 도검을 휘두르면서 열심히 수련하고 있었다.

얼마나 열중하고 있으면 진검룡이 들어온 사실도 모르고 있을 정도다.

진검룡의 제자들과 그에게 직접 지도를 받는 사람들은 경혼각 이층의 수련실을 사용하고 있었다.

다른 조원들은 이 시간에 아래층 수련실에서 비지땀을 흘리며 발도산검파를 수련하고 있는 중이었다.

그렇다고 해서 진검룡이 이층 수련실의 조원들만 가르치는 것은 아니었다.

그는 제자들과 조원들을 크게 구별하지 않으며, 배우기를 원하는 조원에게는 무엇이든 가르쳤다.

단, 그것을 익힐 자질과 노력이 충분한 사람만 자격이 있는데, 경혼조원 모두는 그럴 만한 자격을 갖추고 있었다.

징강지부와의 싸움 이후 열네 명의 경혼조원 전체의 무위는 크게 증진된 상태다.

증진된 폭은 각자 차이가 있지만, 평균적으로 볼 때도 예전 진원분타 시절에 비해서 서너 배 이상 강해졌다.

만약 조별로 싸움을 벌인다면, 곤명지부 내에서 경혼조를 이길 수 있는 조는 전무할 것이다. 물론 그들이 수적으로 열 명 정도 더 많다고 해도 말이다.

진검룡은 조용히 문을 닫고 그 자리에 서서 제자들과 낭랑, 고선, 부상쾌가 수련하는 모습을 지켜보았다.

수련실은 세로 십오 장에 가로 십 장으로 꽤 넓은 편이다.

일곱 명은 각자의 정해진 공간 내에서 수련을 하고 있었는데, 땀을 너무 흘려서 옷이 흠뻑 젖어 물이 뚝뚝 떨어질 정도였다.

또한 눈에서 광기가 번뜩이기도 하고 마치 진짜 적을 상대로 치열하게 싸우는 듯했다.

낭랑과 주소영은 똑같이 낙화유산검을 수련하고 있었다. 예전에는 낭랑이 더 고강했었는데 이제는 두 사람이 우열을 가리기 어려울 정도가 되었다.

그렇다고 낭랑의 증진이 더딘 것은 아니다. 주소영이 연검을 사용하기 때문이다.

연검은 익히기가 어렵지만 일단 손에 익으면 검보다 훨씬 뛰어난 위력을 발휘한다.

더구나 주소영의 연검은 진검룡이 특수한 비법으로 제작해 주었기 때문에 일반적인 연검하고는 비할 바가 아니었다.

주소영은 자신의 연검에 모사검(慕師劍)이라는 검명을 지었다. '모사(慕師)', 즉 사부를 사모한다는 뜻이다.

그런 이름을 대놓고 지어놓고서도 그녀는 조금도 부끄러워하지 않을뿐더러 오히려 자랑스럽게 여기고 있었다. 즉, 자신이 사부 진검룡을 사모하는 것이 조금도 부끄럽지 않다는 얘기다.

낭랑은 주소영이 점점 강해져서 자신하고 비슷한 수준이 되자 자극을 받아서 더욱 광적으로 수련하고 있었다.

진검룡이 봤을 때 무악은 천부적인 무골(武骨)이다. 그의 구룡수는 이제 겨우 이성(二成)의 성취를 보이고 있었지만, 무림에서 구룡수가 일절(一絶)로 손꼽히는 점을 감안한다면 그의 성취는 대단한 것이었다.

구룡수는 이름 그대로 아홉 마리 용(龍)의 특성을 딴 권각술로써 모두 십 초식으로 이루어졌다.

마지막 십 초식은 아홉 마리 용, 즉 구룡(九龍)이 한꺼번에 출현하여 천지간을 뒤흔드는 위력을 지니고 있었다.

후우웅! 후웅!

무악의 두 손과 두 발이 뻗어 나갈 때마다 용이 울부짖는 듯한 소리가 허공을 울렸다.

또한 그의 두 손과 두 발은 너무 빨라서 육안으로 잘 보이지도 않을 정도다.

그러나 구룡수를 칠성 이상 연마하게 되면, 두 손과 두 발이 겉으로는 느릿하게 움직이는 것처럼 보이고 전혀 소리가 나지 않게 된다.

따따땅! 땅땅!

무악의 주먹과 수도(手刀), 그리고 두 발은 소나기처럼 목인형의 온몸 혈도를 정확하게 가격했다.

단지 맨주먹, 맨발로만 가격하는데도 단단한 목인형의 급소 부위는 죄다 움푹움푹 파여져 있었다.

무악은 사흘에 한 번씩 목인형을 갈아치운다. 급소 부위가 너무 패어서 사용할 수 없기 때문이다.

미미는 진검룡이 직접 제작해 준 특수한 수장갑(手掌匣)을 두 손에 끼고 있었다.

실처럼 가느다란 강사(鋼絲)로 짠 장갑인데, 주먹을 쥐면 도드라지는 네 군데에 콩알 크기의 쇠 구슬이 박혀 있으며, 손가락이 구부러지는 네 군데에는 팥알 크기의 조금 작은 쇠 구슬이 박혀 있었다.

그뿐 아니라 다섯 손가락 끝에는 안쪽으로 구부러진 매의 발톱 같은 손가락 두 마디 길이의 날카로운 구조(鉤爪)가 부착되어 있었다.

그것은 폈다 오므렸다 할 수 있으며, 아예 수장갑 속으로 감출 수도 있었다.

미미가 밤잠을 잊어가면서까지 수련하고 있는 수법은 환영탐기라는 금나수법이다.

보통 무림의 금나수법은 낚아채는 것이 주류지만 환영탐기는 낚아채는 것은 기본이며, 찌르고[刺], 꺾고[折], 후리고[拐], 때리고[毆], 찢고[裂], 던지는[投] 등 무려 팔십팔 종류의 변화가 담겨 있었다.

부상쾌와 고선이 연마하고 있는 수법은 경혼조 모두가 익히고 있는 발도산검파다. 그녀들이 다른 수법을 가르쳐 달라고 하면 거절할 진검룡이 아니다.

그런데도 그녀들은 발도산검파에만 전력으로 매달려 있었

다. 그것이 자신들에게 딱 맞는다고 생각하고, 아무리 익혀도 끝이 보이지 않으며, 익힐수록 실력이 쭉쭉 증진되는 것을 여실히 느끼고 있었기 때문이다.

　잠시 지켜보던 진검룡은 일곱 사람을 불러 모아 각자가 보충해야 할 점과 고쳐야 할 부분들을 지적해 주고 직접 시범까지 보여주었다.

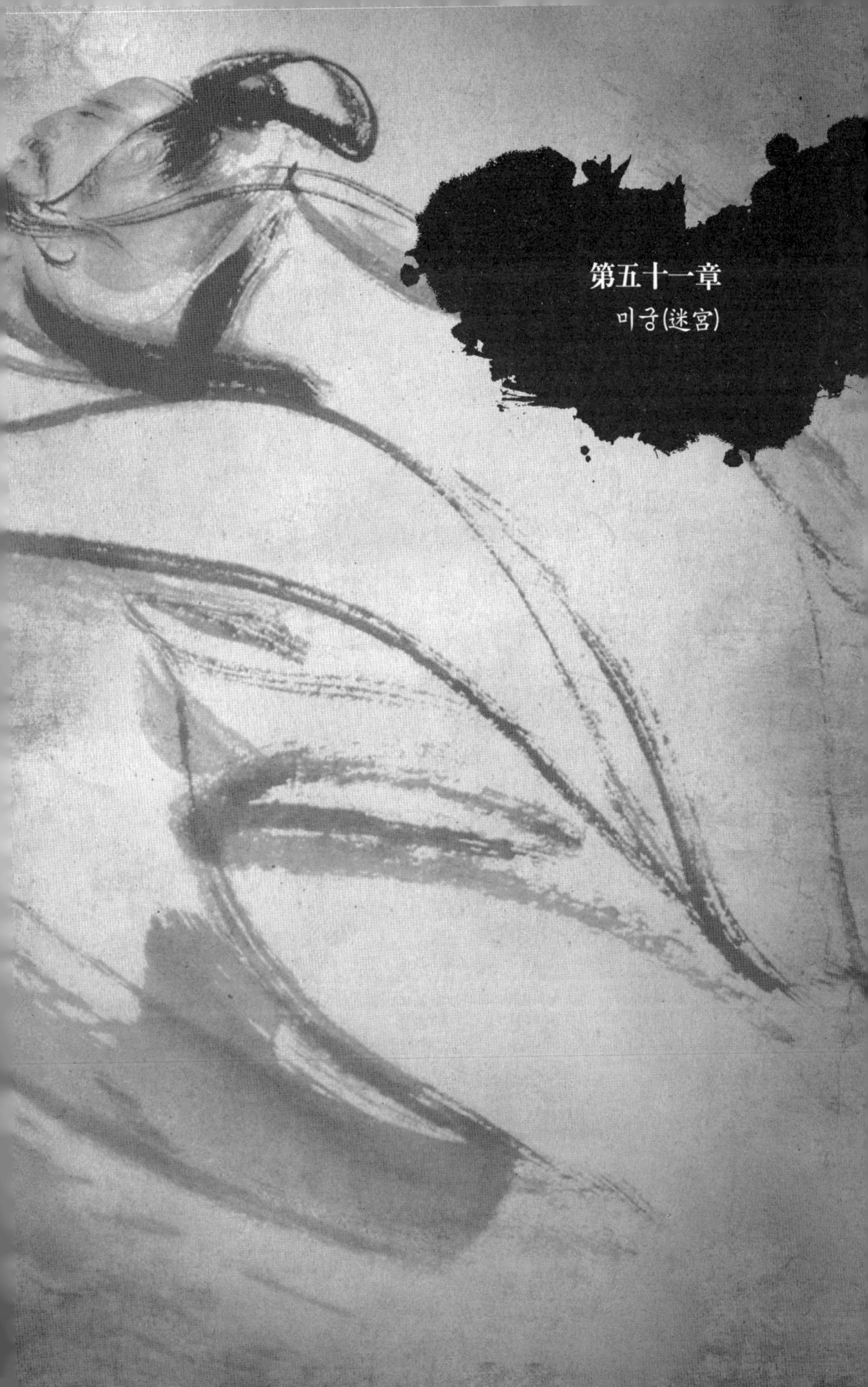
第五十一章
미궁(迷宮)

우당탕! 와지끈!

"으악!"

"크액!"

곤명성 내 번화가 거리의 주루에서 싸움이 벌어졌다.

의검문(義劍門)의 제자들과 적풍보 무사들이 주루에서 식사를 하다가 시비가 붙었는데, 끝내 도검을 뽑아 들고 생사대결로 번졌으며, 주루 내에서 시작된 싸움은 주루 밖 거리로 나와서야 끝났다.

수적으로 열세인 적풍보 무사 네 명 중의 두 명이 죽어서 거리 땅바닥에 피를 흘리며 널브러져 있고, 나머지 두 명은 크게 다친 몸을 이끌고 도주를 했다.

의검문의 제자는 일곱 명으로 수적으로도 우세했지만 적풍보 무사 정도는 네 명 대 네 명으로 싸워도 의검문 제자 쪽이 조금 유리하다. 의검문 제자의 무위가 조금 더 높기 때문이다.

백성들의 싸움과 살인에는 당연히 관(官)이 나서지만, 무림인의 싸움에는 관이 개입하지 않는 것이 일종의 불문율로 굳어져 있다.

대신 무림인의 싸움에는 천의맹 곤명지부가 개입을 해서 잘잘못을 가린다.

예전 고후가 곤명지부주였을 때에는 곤명성, 아니, 운남무림 내에서 싸움이 벌어지면 무조건 고후에게 돈을 많이 내는 쪽이 이겼다.

누가 먼저 시비를 걸었든, 어느 쪽 사람이 많이 죽었든 상관없이 싸움이 벌어진 후에 누가 먼저 고후를 찾아가느냐는 것과 누가 더 많은 뇌물을 들이미느냐에 따라서 옳고 그름이 가려졌었다.

그러나 그것보다 우선하는 것이 있다. 싸움을 한 방, 문파가 천의맹에 가입했다면 곤명지부는 한 푼의 뇌물을 받지 않고서도 무조건 손을 들어주었다.

천의맹에 가입한 방, 문파, 즉 천의분파(天義分派)들은 곤명지부의 비호 아래에서 성 안팎의 여러 사업들을 고루 독식하고 있으므로 자금이 풍부하고, 그래서 매월 정기적으로 곤명지부에 일정 금액을 상납해 왔기 때문이다.

방금 싸움을 한 의검문과 적풍보 중에서 의검문이 천의분파에 속해 있다. 그러므로 이 싸움의 결과가 어떻게 나오리라는 것을 다들 짐작하고 있었다.

의검문 제자들이 의기양양해하고 있을 때 싸움 소식을 접한 곤명지부 무사들이 달려왔다.

여느 때처럼 의검문 제자들은 별로 심하지도 않은 상처를 감싸 안은 채 주저앉아 있던가 절룩거리며 엄살을 부리고 있었다.

사건의 경위를 대충 듣고 난 곤명지부 외전 휘하 무룡당(武龍堂) 소속 조장은 의검문 제자들을 가리키며 명령했다.

"이자들을 지부로 끌고 가라."

"어? 이것 보시오, 조장. 우리가 의검문 제자라는 말을 듣지 못한 것이오?"

"천의분파 의검문이란 말이오, 의검문!"

깜짝 놀란 의검문 제자들이 저항하면서 큰 소리로 외쳤으나 조장은 꿈쩍도 하지 않았다.

"의검문이든 적풍보든 싸움에 관련된 자들은 모두 지부로 끌고 가는 것이 원칙이다!"

곤명지부 휘하 천여 명의 무사들은 지부주 강무교로부터 매사에 공명정대, 공평무사하라는 훈시를 귀가 따가울 정도로 들었기 때문에 의검문 제자라고 봐주면 오히려 조장 이하 조원들이 치도곤을 당한다.

의검문 제자들은 끌려가지 않으려고 버둥거렸으나 곤명지부의 위세와 이십오 명 조원의 무력 앞에서는 포승에 묶여서 죄인처럼 끌려갈 수밖에 없었다.

짝짝짝짝—!

"와아아! 곤명지부 최고다!"

"와아! 이제야 제대로 된 밝은 세상이 오는구나!"

평소에 곤명지부를 위시하여 천의분파들의 온갖 행패와 핍박에 시달려 온 성민들은 그 광경을 보고 일제히 박수를 치면서 환호성을 터뜨렸다.

*　　　　*　　　　*

사건은 그날 밤에 터졌다.

곤명성 내 중심가에 있는 의검문이 괴한들에게 불의의 습격을 당했다.

의검문은 제자의 수가 사백여 명에 달하여 곤명성 내에서 세 번째로 큰 규모의 문파이며, 문주 의전검웅(義電劍雄)은 곤명성 내에서 열 손가락 안에 들 정도의 내로라하는 검의 달인이다.

또한 의전검웅 주위에는 날고 기는 검사들이 득실거려서

운남무림에서는 의검문을 예검림(銳劍林) 혹은 자검해(刺劍海)라고 부르며 두려워했었다.

그런데 바로 그 의검문이 축시(새벽 2시)가 조금 넘은 시각에 괴한들로부터 습격을 당하여 개 한 마리 살아남지 못하고 몰살을 당하고 만 것이다.

곤명지부는 예전에는 없던 제도를 많이 시행하고 있었는데, 그중 하나가 야래순찰(夜來巡察)이다.

곤명지부 일 개 향 이 개 조가 다섯 명씩 열 개의 분조(分組)로 나누어 해시(밤 10시)부터 다음날 새벽 인시(새벽 4시)까지 곤명성 내를 순찰하는 제도다.

그날 밤, 곤명지부 삼분조(三分組)가 야래순찰을 돌다가 의검문 내에서 소란스럽게 싸우는 소리를 듣고 즉시 호각을 불어 다른 분조들을 부르고는 의검문 담을 넘어 안으로 잠입했었다.

그러나 다른 분조들이 도착했을 때에는 이미 의검문 안에선 아무 소리도 흘러나오지 않았다.

그사이에 괴한들의 습격이 끝났고, 의검문은 전멸한 것이다. 삼분조는 습격이 거의 끝나갈 무렵에 의검문 안으로 잠입을 했고, 모두 시체로 발견되었다.

그날 밤 의검문에 있던 문주 이하 제자 사백이십오 명은 깡그리 몰살됐다.

운남 땅에 무림계가 생긴 이래 일 개 문파가 몰살을 당한 일은 이번이 처음이었다.

*   *   *

곤명지부 전체 분위기는 무겁게 가라앉아 있었다.

곤명성에 있는 여섯 개 천의분파 중의 하나인 의검문이 의문의 몰살을 당하고, 야래순찰 중이던 곤명지부 분조 소속 다섯 명이 죽은 지 닷새가 지났는데도 어떻게 된 일인지 알아내기는커녕 터럭만 한 단서 하나조차 찾아내지 못하고 있었기 때문이다.

천의맹 곤명지부는 곤명성과 운남무림을 깨끗이 정화시키겠다면서 거창한 포부를 내걸고 출범했으나, 출범 한 달도 지나기 전에 커다란 암초에 부딪치고 말았다.

이 암초에서 헤어나지 못한다면 곤명지부는 침몰의 구렁텅이로 곤두박질칠지도 모른다.

회의실 안에는 지부주 강무교를 비롯하여 총관 고명, 총당주 적설, 그리고 열 명의 당주가 모여 있었다.

하지만 일각이 지나도록 아무도 입을 열지 않았다. 간간이 무거운 한숨 소리만 흘러나올 뿐이다.

의검문 사백이십오 명과 곤명지부 일 개 분조 다섯 명, 도합 사백삼십 명이 하룻밤 사이에 죽었는데 흉수가 없다. 아니, 흉수에 대한 단서가 없다.

중견 문파인 의검문 사백삼십 명을 죽이려면 한두 명으로는 어림도 없다는 것이 중론이기는 하다.

그렇다면 최소 이삼백 명에서 최대 오륙백 명이 의검문을 습격했다는 얘긴데, 그렇게 많은 인원이 움직였다면 곤명성에서든 곤명성 밖에서든 사람들 눈에 띄지 않을 수가 없는 일이다.

그런데도 수상한 인물 수백 명이 아니라 십여 명이라도 봤다는 사람이 없다.

그뿐 아니라 의검문에는 사백삼십 구의 시체만 곳곳의 핏물 속에 널브러져 있을 뿐 단서가 될 만한 것은 눈을 씻고 찾아도 보이지 않았다.

무림에서 살인 사건이 발생하면 첫 번째로 시도하는 것이 시체에 새겨진 상처로 무공 수법을 밝혀내서 흉수를 추론해 내는 방법이다.

그런데 의검문 시체에서 흉수의 수법을 찾아내려는 시도는 암담하기 짝이 없었다.

시체들은 어떤 고명한 수법에 당한 것이 아니라, 하나같이 되는대로 마구 찌르고 벤 무자비한 칼질, 즉 난도질된 것들뿐이었다.

무림에 현판을 내걸고 있는 방, 문파들은 저마다 성명수법을 갖고 있다.

백인백색이고 천인천색, 비슷한 것 같아도 조금씩 다 다른 수법이다.

그래서 아무리 감추려고 해도 사백삼십 명이나 죽이다 보면 자파의 수법을 자신도 모르게 새길 수밖에 없는 것이다.

그렇지만 의검문 사백삼십 구의 난도질당한 시체들에게서는 단 한 가지밖에 찾아낼 수가 없었다.

잔인함, 바로 그것이다.

"지부주."

오랜 침묵을 깬 사람은 곤명지부의 새 총관으로 임명된 고명이다.

그는 자리에서 일어나 얼마 전까지만 해도 자신의 아랫사람이었던 강무교에게 정중한 자세를 취하며 말을 이었다.

"아무래도 이 일은 시일이 더 흐르기 전에 강남지총부에 알려야 할 것 같습니다."

그는 곤명지부의 총관을 맡아달라는 강무교의 부탁을 사흘 만에 수락했었다.

할 일이 없어서 수락한 것이 아니라, 그렇게 해서라도 정의를 수호하고 싶었기 때문이다.

고명이 방금 같은 말을 하지 않더라도 모두들 그런 생각을 하고 있었다.

곤명성 내에서 벌어진 사건, 그것도 천의분파인 의검문이 멸문당한 중차대한 사건은 마땅히 곤명지부가 나서서 해결해야만 한다.

하지만 해결하지도 못한 채 속절없이 시일만 흘려 버리면 흉수는 더욱 깊숙이 숨어들 테고 강남지총부의 문책을 면할 길이 없어진다.

현재 곤명지부 무사들이 의검문을 봉문한 채 주변을 삼엄하게 지키고 있었다.

또한 곤명지부를 비롯한 천의분파 네 개 방, 문파가 합세하여 곤명성으로 통하는 동서남북의 모든 길을 차단하고 검문을 강화하고 있었다.

조금이라도 수상한 자가 보이면 발가벗기다시피 조사를 하고 있으나 아직까지는 이렇다 할 소득이 없는 상황이다.

고명 이하 적설과 원익 등 열 명의 당주는 일제히 강무교를 주시하며 그의 말을 기다렸다.

강무교의 얼굴에는 고심하는 기색이 역력하게 떠올랐다.

예기치 못했던 의검문의 멸문은 그에게 첫 번째 시련이자 너무도 큰 난관이었다.

아니, 이것은 아예 넘지도, 부수지도 못할 끝없이 높고 긴 철벽이나 다름이 없었다.

지금으로선 강남지총부에 알리는 것 외에는 아무런 방법이 없을 것 같은데도 강무교는 고심하고 있었다.

자신이 문책받게 될 것을 두려워하는 것이 아니다. 이것을 해결하는 것이 불가항력이라는 사실은 모두들 잘 알고 있다.

이대로 포기해도 아무도 뭐라고 할 사람은 없다.

그렇지만 무고한 사람 사백삼십 명이 떼죽음을 당했다. 그것도 잔인하게 난도질을 당했다.

강무교는 그런 천인공노할 짓을 저지른 자를 기필코 자신의 힘으로, 아니, 곤명지부의 힘으로 잡고 싶은 것이다.

그것이 바로 그가 알고 있는 정의(正義)고 의협(義俠)이다.

그가 곤명지부주에 임명된 이후 가장 강조한 것이 정의구현(正義具顯)이다.

그런데 여기서 이 일을 해결하지 못하고 강남지총부에 알린다면 강무교에게 정의를 구현할 능력이 없다는 뜻이 된다.

그때 적설이 조심스럽게 말문을 열었다.

"지부주, 경혼조장이 있지 않습니까?"

순간 착잡했던 강무교의 얼굴이 흐릿하게 밝아졌다. 그것은 마치 지옥의 맨 밑바닥에 가라앉아 있다가 하늘에서 한줄기 서광이 비친 듯한 표정이었다.

어째서 지금까지 경혼조장을 생각해 내지 못한 것인지 안타까울 정도다.

탁!

이윽고 강무교는 손바닥으로 탁자를 치면서 벌떡 일어서며 명령했다.

"당장 경혼조장을 부르게."

그 시각 진검룡은 갑자기 불쑥 찾아온 골칫덩어리와 씨름을 하고 있는 중이었다.

까맣게 잊고 있었던 단은한이 곤명지부로 직접 진검룡을 찾아온 것이다.

일전에 강천현의 성운호에 있는 은성에서 단은한의 유람선을 빌려 고명 일행을 구해 곤명성까지 함께 온 이후 진검룡은 단은한을 잊고 있었다.

그것도 깜빡 잊은 건망증 정도가 아니라 아예 단은한이라는 여자아이를 만난 적이 없었던 것처럼 완전하게 잊고 있었던 것이다.

단은한은 오늘 아침 일찍 곤명지부로 찾아왔었다. 운남성의 왕 단왕의 금지옥엽인 은한 공주가 자신의 호위대인 은갑강군 백 명의 호위를 받고 곤명지부 전문으로 들어서는데 그녀를 가로막을 간담을 갖고 있는 자는 아무도 없었다.

거침없이 곤명지부로 들어온 단은한은 백 명의 은갑강군들을 경혼각 밖에 대기시키고는 자신은 진검룡의 뒤를 그림자처럼 하루 종일 졸졸 따라다니면서 귀찮게 굴고 있는 중이었다.

그 덕분에 그녀는 진검룡의 하루 일과를 고스란히 알게 되었고, 그의 곁에 찰싹 달라붙어 앉아서 경혼조원들과 꽤 친해져서 점심 식사를 할 수도 있었다.

그리고 무엇보다도 큰 소득이 하나 있었다.

"나도 경혼조원이 되고 싶어요."

일층의 수련실에서 진검룡이 경혼조원 열네 명의 발도산검파를 지도하고 난 후 모두들 땀을 뻘뻘 흘리면서 모여 있을 때 단은한이 불쑥 말했다.

이때만큼은 진검룡도 움찔 놀랐다. 단은한이 경혼조원이 되는 일은 추호도 상상해 본 적이 없었다.

일렬로 늘어서서 경악에 가까운 표정을 짓는 경혼조원들은 진검룡 옆에 다소곳이 서 있는 단은한을 쳐다보았다.

단은한은 머리에서 발끝까지 온통 눈부신 은색으로 도배를 한 더없이 아름다운 모습이다.

머리에는 은테에 커다란 보석들을 무수히 박은 관(冠)을 쓰고 있으며, 귀에는 반짝이는 치렁치렁한 귀걸이를, 옷을 꿰맨 실은 은사(銀絲)고, 발끝을 덮는 긴 치마는 바닥까지 이르렀다.

경혼조원들은 평생을 살면서 천하를 돌아다녀도 단은한처럼 아름다운 여자는 다시 볼 수 없을 것이라고 생각했다.

진검룡은 오는 사람 막지 않고, 가는 사람 붙잡지 않는다는 자신의 규칙을 이번만큼은 어길 생각이었다.

"은한아."

그가 단은한을 쳐다보면서 다음 말을 하려고 할 때 훈용강이 오른손을 들며 짧게 말했다.

“찬성.”

진검룡은 어이없다는 듯 힐끗 훈용강을 쳐다보았다.

훈용강은 정중한 표정을 지었다.

“경혼조는 은한 공주님께 큰 신세를 졌습니다. 그런 의미에서 저는 은한 공주님께서 경혼조원이 되시는 것을 무조건 찬성합니다.”

설마 훈용강이 찬성할 줄은 진검룡뿐만 아니라 아무도 예상하지 못한 일이었다.

“저도 찬성합니다.”

그때 또다시 예상하지 못했던 일이 일어났다. 부상쾌가 오른손을 든 것이다.

“저도 훈용강하고 같은 생각입니다.”

“찬성.”

세 번째 찬성한 사람도 전혀 뜻밖이다. 그녀는 바로 낭랑이었다.

“은한 공주는 부자니까.”

“네! 저 엄청난 부자예요! 여러분이 원하는 것 모두 들어줄 수 있어요!”

단은한은 기쁜 얼굴로 두 손을 가슴에 모으고 경혼조원들을 둘러보며 외쳤다.

“찬성!”

“나도 찬성!”

“무조건 찬성!”

그녀의 말에 찬성이라는 말이 와르르 쏟아져 나왔다.

이제 남은 사람은 무악과 장관웅, 와평, 동풍, 조제, 주록, 사도풍, 증혜이며 모두 남자들이다.

그들 일곱 명은 일제히 손을 들며 입을 모았다.

“찬성!”

“꺄악!”

“아름다우니까.”

“고마워요, 여러분!”

진검룡은 어이없다는 표정을 지었다. 그는 반대하려고 했으나 경혼조원들이 순식간에 찬성을 해버렸다.

척!

그때 지부주 강무교의 전령(傳令)이 수련실로 들어서더니 곧장 진검룡에게 다가와 허리를 굽혔다.

“지부주께서 부르십니다.”

지부주의 전령은 향주와 동격이지만 진검룡이 누군지 알기 때문에 최대한 공경하게 행동했다.

진검룡이 전령을 따라서 나가려고 하니까 단은한이 옷자락을 붙잡았다.

“오라버니……”

결정을 해주고 가라는 뜻이다.

단은한뿐만 아니라 경혼조원들 모두 기대 어린 표정으로

진검룡을 주시하고 있었다.

새로 정한 경혼조의 규칙은 경혼조원 전원이 신입 조원의 가입을 찬성하면 받아들인다는 것이다. 그러므로 진검룡으로서도 어쩔 도리가 없었다.

"알았다."

"꺄악! 고마워요, 오라버니!"

진검룡이 대답하고 나가려는데 단은한은 기쁨의 탄성을 터뜨리며 폴짝 뛰어서 그의 등에 업혔다.

진검룡은 의검문의 멸문 사건을 조사해 달라는 강무교의 제안을 군말없이 수락했다.

강무교는 진검룡이 그 일을 수락하지 않을 가능성이 크다고 생각하여 노심초사했었는데, 뜻밖의 결과에 적잖이 놀랐다.

그러나 진검룡이 어째서 그 일을 수락했는지에 대한 짧은 대답을 듣고는 적잖이 감동했다.

"그것이 정의로운 일이기 때문이오."

강무교는 진검룡에게 '의검문 멸문 사건'의 전말을 자세히 설명했으나 단서가 될 만한 내용은 하나도 없었다.

결국 진검룡이 처음부터 자신만의 방식으로 새로 조사해야만 했다.

실내에는 닷새 전에 곤명성 번화가 주루에서 적풍보 무사들과 싸움을 벌였다가 곤명지부로 끌려온 일곱 명의 의검문 제자가 나란히 앉아 있었다.

그들 앞에는 진검룡과 무악이 앉아 있고, 다른 경혼조원들은 편안한 자세로 서서 의검문 제자들의 진술을 끝까지 다 들었다.

진검룡은 팔짱을 끼고 꼿꼿하게 앉아 있고, 그 옆에서 무악이 의검문 제자들의 진술 중에서 중요한 대목이라고 생각하는 것들을 기록하고 있었다.

일곱 명의 의검문 제자는 반쯤은 정신이 나간 표정으로 진술을 하고 있었다. 의검문의 문주 이하 사백이십오 명이 모두 죽고 자신들만 살아남았다는 사실이 지금까지도 실감이 나지 않았기 때문이다.

만약 곤명지부로 끌려오지 않았으면 이들도 이미 죽은 목숨일 것이다.

진술이 끝난 후 진검룡이 가볍게 고개를 끄덕이자 훈용강이 의검문 제자들을 밖으로 내보냈다.

잠시 침묵이 흐른 뒤 훈용강이 조심스럽게 입을 열었다.

"적풍보는 규모로나 실력으로나 의검문을 멸문시킬 만한 능력이 없습니다."

진검룡이 경혼조원 모두에게 의검문 제자들의 진술을 듣도록 한 이유는 듣고 느낀 점을 자유롭게 말하라는 뜻이었다.

그것을 훈용강이 짐작하고 먼저 말을 한 것이다.

훈용강의 말은 분석이라기보다는 모두가 말을 할 수 있도록 시작을 알리는 의미였다.

훈용강 뒤를 사도풍이 이어서 말했다.

"제가 보기에 적풍보는 이 일에 관계가 없을 것 같습니다. 그러므로 그날 주루에서 시비가 일어난 것은 우연인 듯합니다."

그의 말에 몇 사람이 고개를 끄덕이며 동조했다.

그리고는 잠시 말이 끊어졌다. 의검문 제자들이 한 진술은 의검문의 멸문하고는 전혀 상관이 없는 것이었다. 주루에서 적풍보 무사들과 어떻게 시비가 붙었고, 어떤 식으로 싸웠으며, 몇 명이 죽고 다쳤는지 같은 이야기들이었다.

그렇기 때문에 경혼조원들은 그들의 진술에서 실마리를 찾는 것은 불가능하다고 생각했다.

모두 그렇다는 것은 아니다. 몇 사람은 달리 생각하고 있었다. 그중 한 명이 무악이다.

"저는 우연이라는 것은 존재하지 않는다고 생각해요."

원래 숫기가 없는 그는 모두 앞에서 발언하는 쑥스러움 때문에 조금 전에 자신이 기록한 종이를 굽어보며 쭈뼛거리면서 말을 이었다.

"거리에서 넘어진 사람은 발이 돌부리에 걸렸기 때문이고, 만취한 사람은 술을 많이 마셨기 때문이며, 죽은 사람들은 병

에 걸렸거나 수명이 다했거나 싸우다가 도검에 찔렸다는 식
으로 세상의 모든 일에는 원인이 있게 마련이에요."

조원들은 무악이 이처럼 많은 말을 하는 것을 처음 보았다.

그들은 무악의 말이 옳다는 듯 고개를 끄덕였다. 그렇다.
그의 말대로 세상의 모든 일에는 원인과 과정, 결과가 있게
마련이다.

주소영이 아는 체를 했다.

"그럼 무악, 네 말은 의검문의 멸문이 결과이기 때문에 반
드시 원인이 있을 거라는 뜻이야?"

무악은 고개를 들어 주소영을 쳐다보았다.

"의검문의 멸문이 결과인지 과정일지는 분명하지 않아요,
소영 누나."

"과정이라면… 아직 결과가 남아 있다는 거야?"

무악은 총명하게 눈을 빛냈다.

"누군가 돌을 던지는 것이 원인이라고 한다면, 그 돌에 사
람이 맞거나 물건이 부서지는 것이 과정이에요. 그리고 그것
으로 인해서 최종적으로 누가 어떤 피해를 입었는지, 그리고
돌을 던진 사람의 목적이 달성됐는지가 결과라고 할 수 있지
요."

주소영은 알 듯 모를 듯한 표정을 지었다. 하지만 조원들
중에는 무악의 말을 이해한 사람들도 있었다.

무악이 말을 이었다.

"누군가 돌을 던졌고, 의검문이 그 돌에 맞았어요."

고선이 의아한 표정을 지었다.

"그렇다면 의검문이 멸문한 것이 결과지 어째서 과정이라는 거지?"

"그것은 눈에 보이는 결과일 뿐이에요. 눈에 보이지 않는 결과도 있을 거예요. 그것이 아직 나타나지 않았다면 눈에 보이는 결과는 과정이라고 할 수 있어요."

"눈에 보이지 않는 결과? 그게 무슨 뜻이지?"

무악은 손가락 하나를 치켜세웠다.

"어느 집안의 아버지가 사고를 당해서 죽었어요. 그렇다면 그것은 결과인가요?"

"물론이지. 죽었으면 끝난 거 아니야?"

무악은 고개를 가로저었다.

"아니에요. 아버지가 죽었기 때문에 그 집안은 풍비박산 났어요. 아버지 대신 어머니나 자식들이 돈을 벌어야 하지만 아버지가 살아생전만큼은 못하지요. 그래서 점점 더 가난해질 수밖에 없어요. 그것이 결과예요. 그리고 남아 있는 가족에게는 또 다른 시작, 즉 원인이기도 하지요."

무악의 이론은 매우 복잡한 듯하지만 곰곰이 생각하면 전혀 이해하지 못할 것은 아니다.

고선이 고개를 끄덕였다.

"그러니까 무악, 네 말은 아버지가 죽어서 가족이 고생을 하는 것처럼, 의검문의 멸문은 그 자체로 끝나는 것이 아니라 누군가 고생하게 될 것이라는 뜻이야?"

"네."

"그렇다면 의검문을 멸문시킨 흉수는 그 누군가를 고생시키는 것이 목적일 수도 있다는 거로군?"

"그렇죠."

"흠, 그래서 그것이 결과가 되는 것이로군."

"또 다른 시작일 수도 있지요."

주소영이 불쑥 물었다.

"그럼 그 누군가가 도대체 누구야? 누가 생고생을 할 거라는 거지?"

무악의 얼굴이 흐려졌다.

"그것은 아직 모르겠어요."

그때 진검룡 뒤에 서서 몸의 앞부분을 그의 등에 붙이고 있던 단은한이 처음으로 입을 열었다.

"나는 알 것 같아요."

모두의 시선이 단은한에게 집중되었다.

단은한은 크고 아름다운 두 눈을 깜빡이면서 새빨갛고 촉촉한 입술을 나풀거렸다.

"의검문의 멸문 때문에 곤란해지는 곳은 곤명지부예요."

"아!"

"오… 정말 그렇군!"

순간 경혼조원들은 적이 놀라면서 탄성을 터뜨렸다.

그녀의 지적은 정확했다. 의심할 여지가 없다. 의검문의 제자들이 누군가와 사사로운 원한을 맺었을 수는 있으나, 의검문 전체가 멸문당할 정도로 문파 간의 원한을 맺은 일은 없다고 했다.

그렇다면 누군가 곤명지부를 곤란에 빠뜨리기 위해서 의검문을 제물로 삼았다는 얘기가 된다.

사도풍이 적이 감탄하며 단은한에게 물었다.

"공주께선 그걸 어떻게 아셨습니까?"

단은한이 같은 동료지만 공주의 신분이라 아무도 함부로 대하지 못했다.

단은한은 배시시 미소 지었다.

"바둑은 옆에서 지켜보면 더 잘 보이는 법이에요."

"아……."

이해 당사자인 곤명지부 휘하 경혼조원들 눈에는 보이지 않아도, 오늘 경혼조원이 된 곤명지부와는 전혀 관계가 없는 단은한의 눈에는 잘 보인다는 뜻이다.

"그러니까 아까 무악이 뭐라고 그랬더라……?"

단은한은 온몸을 진검룡의 등에 밀착시키고 두 팔을 그의 어깨 너머로 늘어뜨리면서 무악이 종이에 적어놓은 기록을 들여다보며 말을 이었다.

"음… 세상 모든 일에 우연은 없으며 오로지 필연만 존재한다면, 원인과 혹은 발단과 과정, 결과가 있다는 전제하에, 의검문 제자들과 적풍보 무사들이 주루에서 싸운 것은 발단이라고 할 수 있고, 의검문이 멸문당한 것은 과정, 그로 인해서 곤명지부가 곤란한 상황에 처하게 된 것은 결과 내지 흉수의 목적이라고 볼 수 있겠지요."

그녀의 깔끔한 정리를 이해하지 못하는 경혼조원들은 한 명도 없었다.

그녀는 진검룡에게 매달리다시피 하면서 그의 뺨에 자신의 뺨을 부비며 애교를 부렸다.

"그러니까 적풍보는 의검문 멸문 사건과 무관하지 않으며, 흉수가 곤명지부를 곤란하게 만드는 일은 아직 끝나지 않았을 수도 있어요. 이 일을 해결하지 못하면 흉수는 또 다른 사건을 일으킬 가능성이 커요. 헤헤헤! 소녀의 말이 어떤가요, 오라버니?"

진검룡은 단은한을 다시 봤다. 그녀가 어리광만 부리는 철부지라고만 생각했는데 이제 보니 매우 명석한 두뇌의 소유자가 분명했다.

"잘했다."

그는 자신의 뺨에 뺨을 부비고 있는 단은한의 다른 뺨을 부드럽게 쓰다듬으며 칭찬했다.

"에헤헷! 오라버니에게 칭찬받았어요!"

그녀는 진검룡에게 매달려서 모두를 쳐다보며 환호성을

터뜨렸다.

경혼조원들은 빙그레 미소 지으며 그녀를 바라보았다. 어쩐 일인지 경혼조의 여자들조차도 단은한에게만은 질투나 시기를 느끼지 않았다. 너무 철부지 같아서 그럴 것이다.

슥—

"모두 수고했다."

진검룡이 일어나면서 말하는데도 단은한은 그에게서 떨어지지 않고 아예 등에 업혀 버렸다.

第五十二章
월인혈곡(月刃血谷)

大中原

　의검문 문주 이하 제자들의 시신을 무기한 방치할 수도 없
는 상황이라서, 시신 열 구만 강회(생석회)를 발라 보존해 두
고 시신 전체는 장례를 치렀다.

　강무교는 곤명지부를 비롯한 곤명성의 모든 방, 문파들에
게 경혼조에 무조건 협조하라는 명령을 내렸다.

　하지만 진검룡과 경혼조원 십오 명 모두는 의검문으로 가
서 한나절 동안 현장을 샅샅이 둘러보고 강회로 보존 처리한
시신을 살펴보았을 뿐 다른 곳은 일체 돌아다니지 않았다.

　강무교와 곤명지부 무사들이 이미 현장을 이 잡듯이 살펴
봤기 때문에 경혼조원들은 별다른 것을 발견하지 못했다.

진검룡을 비롯한 경혼조원들은 모두 의검문 뒤쪽에 위치한 어느 전각 안에 모였다.

그들 앞쪽 바닥에는 검푸른 모습의 시체 열 구가 일렬로 나란히 눕혀져 있었다.

시체들은 원래 강회가 듬뿍 발라져 있었으나 진검룡의 요구에 의해 강회가 깨끗이 씻긴 모습이 되었다.

모두 남자들인데다 벌거벗은 모습이라서 고선과 미미, 단은한은 똑바로 쳐다보지 못하고 조원들 뒤에서 등을 돌리고 있었다.

그러나 조원들이 시체를 둘러싸고 자세히 살피는 분위기라서 그녀들도 아랫배에 힘을 주고 크게 용기를 내서 쭈뼛거리며 시체 주변으로 다가들었다.

진검룡은 장갑을 끼고 열 구의 시체를 하나씩 차례차례 세밀하게 살펴보았다.

조원들은 한결같이 진검룡의 손길과 시선을 따라서 시체들을 살펴보았으나 무언가를 알아낸 사람은 없었다.

조원들이 보기에 시체들은 모두 대동소이했다. 얼굴이고 상체, 하체 할 것 없이 마구잡이로 난도질당한 흉측한 모습이라서 마치 검법이나 도법 따윌 아예 모르는 자가 발광한 상태에서 살인한 것 같았다.

그러나 진검룡은 한 구의 시체도 대충 지나치지 않고 신중하게 끝까지 다 살펴보았다.

“알아낸 것이 있으면 말해봐라.”

그가 조용히 말했으나 조원들은 꿀 먹은 벙어리처럼 묵묵부답이다. 알아낸 것이 없으니 대답할 것도 없는 것이다.

아까 원인과 과정, 결과에 대해서 신랄하게 분석하고 결론을 내렸던 무악과 단은한마저도 눈을 깜빡거릴 뿐 입을 다물고 있었다.

지금은 지식이 아니라 강호의 경험이 필요할 때인 것이다.

“혹시…….”

그때 낭랑이 시체에서 눈을 떼고 허리를 펴면서 운을 뗐다.

“흉수가 뭘 감추려고 마구 난도질한 게 아닐까?”

그렇게 말하고 나서 그녀는 진검룡을 빤히 바라보다가 덧붙였다.

“왜 거 있잖아, 글을 보이지 않게 하려고 그 위에다가 되는대로 마구 휘갈겨 쓰는 것 같은 거 말이야.”

그래도 진검룡은 평소의 표정으로 묵묵히 낭랑을 응시할 뿐 가타부타 말하지 않았다.

그러자 낭랑은 조금 신경질을 냈다.

“지금 내 말을 다 알아들었으면서도 일부러 모른 체하고 있는 거지, 조장?”

“더 말해봐라.”

“젠장! 그럼 그렇다고 말을 해야 알아들을 거 아냐? 내가 무슨 용한 점쟁이야?”

진검룡이 제아무리 위대한 조장이라고 해도 낭랑에겐 씨도 먹히지 않는다.

그녀는 발을 들어 버릇없이 시체를 가리켰다.

"에또… 그러니까 저 마구잡이 난도질 속에 흉수의 진짜 솜씨가 감춰져 있지 않은가 이 말이야, 내 말은."

"무슨 솜씨가 감춰져 있지?"

누군가의 물음에 낭랑은 발끈해서 소리를 질렀다.

"아! 그것까지 내가 어떻게 알아? 궁금하면 네가……."

그러나 그녀는 말을 끝까지 하지 못하고 얼버무렸다. 방금 물어본 부상쾌가 아름다운 얼굴에 진검룡 같은 무심한 표정을 짓고 물끄러미 지켜보고 있었기 때문이다.

요즘 들어 낭랑은 조원들 중에서 부상쾌를 조금씩 두려워하기 시작했다.

왜냐하면 그녀가 빠르게 진검룡을 닮아가고 있었기 때문이다. 그런데 낭랑은 진검룡을 그다지 두려워하지 않는 편이다. 그에게는 아량과 자비심, 이해심이 있어서다.

하지만 부상쾌에게는 그런 것들이 없다. 그녀는 진검룡의 나쁜 것만 닮은 듯했다.

낭랑은 즉시 꼬리를 내렸다.

"아하하! 난 또 누구라고, 상쾌였구나. 그런데 어쩌지? 난 아무리 생각해 봐도 흉수의 솜씨를 모르겠는걸? 미안해."

그녀는 진검룡을 보며 생글생글 웃었다.

"조장, 그만 뜸들이고 이제 흉수의 솜씨를 가르쳐 주면 안 될까? 상쾌가 너무 궁금해하는 것 같아서 말이야."

진검룡은 뒷짐을 지고 시체들 옆을 걸으면서 말했다.

"먹과 붓을 사람 수대로 가지고 와라."

조원들이 반사적으로 단은한을 쳐다보았다. 그녀가 경혼조원 제칠기(第七期)로 말단이기 때문이다.

단은한은 의아한 표정을 지었다.

"왜요? 내가 뭘 잘못했나요?"

조원들은 곧 고개를 돌려 이번에는 부상쾌를 쳐다보았다. 단은한 바로 위는 육기인 부상쾌다. 그녀더러 먹과 붓을 가져오라는 뜻이다.

하지만 낭랑이 두려워하는 부상쾌거늘 어찌 조원들이라고 그녀를 만만하게 보겠는가.

조원들은 쳐다볼 때보다 더 빨리 부상쾌에게서 시선을 거두고 그다음 기수인 오기를 쳐다보았다.

그러나 오기는 없었다. 오기 훈용강은 자신이 먹과 붓을 가지러 가야 할 것이라는 사실을 짐작하고 벌써 방을 나갔기 때문이다.

진검룡은 열 구의 시체 중간에 서서 뒷짐을 지고 말했다.

"제대로 초식을 배운 자가 병기술(兵器術)로 사람을 베거나 찔렀을 때에는 상처에 어떤 형태로든 무늬가 남겨진다. 그것을 즐문(櫛紋)이라고 하며, 검일 경우는 검즐문(劍櫛紋), 도일 경우는 도즐문(刀櫛紋)이라고 한다."

경혼조원들은 눈도 깜빡이지 않고 진검룡의 설명에 진지하게 귀를 기울였다.

검즐문이니 도즐문이라는 것은 그들로서는 생전 처음 들어보는 내용이라서 호기심이 크게 일었다.

"즉, 공력이나 초식을 사용하지 않고 난도질을 한 경우에는 즐문이 새겨지지 않는다."

조원들의 시선이 일제히 시체로 향했다.

"지금부터 너희는 한쪽 방향으로 생긴 두 개 이상의 즐문이나 공력을 사용하여 급소를 정확하게 찌르거나 벤 하나짜리 즐문을 찾아서 표시하라."

훈용강에게서 먹과 붓을 받은 무악과 미미가 모두에게 고루 나누어주었다.

열다섯 명의 경혼조원은 처음에 시체들을 살펴봤을 때하고는 달리 이번에는 즐문을 찾는다는 목적을 갖고 더욱 세심하게 시체들을 살피기 시작했다.

그렇지만 선뜻 시체에 붓을 대는 조원은 좀처럼 나오지 않았다.

평균 시체 한 구당 이십여 개의 난도질 상처가 있는데, 모두 그게 그것처럼 비슷비슷해서 그중에 즐문을 찾아내는 일이 결코 쉽지 않았다.

조원들은 시체 한 구에 한 명 혹은 두 명씩 붙었고, 잘 모르는 미미는 무악 옆에서 무서움을 참으며 지켜보았다.

단은한은 아예 즐문을 찾을 생각도 하지 않고 진검룡의 한쪽 팔을 자신의 두 팔로 꼭 끌어안은 채 어린아이처럼 몸을 비비고 있었다.

슥—

그때 한동안 뚫어지게 시체를 살피던 무악이 시체로 붓을 가져갔다.

긴장된 표정의 그가 시체의 왼쪽 겨드랑이와 가슴이 만나는 부위에 동그라미를 그리자 조원들은 우르르 몰려들어 동그라미 안을 살펴보았다.

"아! 즐문이다!"

"그렇군! 이게 즐문이로군!"

얼굴을 가까이 대고 바짝 들여다보던 조원들 중에서 부상쾌와 훈용강이 잇달아 탄성을 터뜨렸다.

시체의 가슴에서 겨드랑이로 이어지는 부위에는 손톱 크기의 작은 상처 하나가 있고 약간 아래쪽에 나란히 그보다 훨씬 흐릿하지만 비슷한 모양이 있었는데, 그것은 상처가 아니고 마치 풀잎 같은 것이 한동안 붙어 있다가 떨어진 듯한 자국이 있었다.

"그게 무엇이냐?"

뒤에 선 진검룡이 묻자 무악은 동그라미를 친 시체의 겨드랑이 상처를 가리키면서 대답했다.

"이 상처는 매우 작지만 가슴과 겨드랑이의 경계 부위에서

옆으로 찔러 들어가 심장을 관통한 것 같습니다. 창이구(創痍
口:무기에 찔린 상처의 입구)가 작은 것으로 미루어 검에 찔린 듯
합니다. 그리고 이것이 이 사람을 죽인 결정적인 사인입니다.
나머지 난도질은 이 상처를 가리기 위한 위장인 것 같습니다."

이어서 그는 약간 아래쪽 나란히 있는 풀잎 흔적을 가리키
며 설명을 이었다.

"이 초엽즐문(草葉櫛紋:풀잎 빗살무늬)은 상처가 아니라 흔
적인 듯합니다. 제 생각에는 검이 위쪽을 찌를 때 생긴 듯합
니다. 어쩌면 공력이 실린 검으로 찔렀기 때문에 생긴 것 같
습니다만, 왜 생겼는지는 모르겠습니다."

조원들 모두 무악의 예리한 분석에 감탄하는 표정을 지었
다가 진검룡을 쳐다보았다. 이제 그가 옳고 그름을 가릴 것이
기 때문이다.

진검룡은 앉아 있는 무악의 머리를 쓰다듬었다.

"정확하게 봤다."

조마조마한 표정의 무악은 비로소 환한 미소를 지었다.

반면에 조원들의 얼굴엔 부러움과 감탄이 스쳤다.

"검에 공력을 주입하면 동작이 훨씬 빨라지고 몸을 찔렀을
경우에는 상처가 훨씬 깊어지고 또 파괴력이 생긴다. 공력을
주입하지 않은 검으로는 정확하게 급소를 찔러야 하는 어려
움이 있지만, 공력을 주입한 검은 급소 근처를 찌르기만 해도
즉사한다. 그만큼 파괴력이 있기 때문이다."

조원들은 눈도 깜빡이지 않았고 숨소리도 내지 않았다.

"상처 아래에 나란히 초엽즐문이 생긴 것은 공력이 실린 검이 몸을 찔렀을 때 생기는 공력흔(功力痕)이며 검즐문에 속한다."

무악이 눈을 빛내면서 조심스럽게 물었다.

"사부님, 검즐문만 보고서도 흉수의 공력 수위를 알아낼 수 있습니까?"

"물론이다. 이 상처를 낸 흉수의 공력은 약 사십 년 정도의 수위인 듯하다."

"아……!"

"사… 십 년!'

조원들의 탄성이 한꺼번에 터져 나왔다. 그들 중에서는 단 십 년의 공력을 지닌 사람조차 없으니 '사십 년 공력'이란 실로 어마어마한 것이었다.

그들이 알기로는 곤명지부주 강무교의 공력이 삼십 년 내외다. 그러므로 흉수는 강무교보다 훨씬 고강하다는 뜻이다.

경혼조원들은 한동안 우두커니 선 채 놀란 얼굴로 시체들을 굽어보았다.

지난 닷새 동안 아무도 밝혀내지 못했던 흉수에 대한 비밀이 방금 전부터 하나씩 벗겨지기 시작했다.

그러나 경혼조원들을 경직시킨 것은 흉수의 비밀을 밝혀낸 진검룡의 뛰어난 경륜보다도, 흉수의 실력이 예상했던 것보다 훨씬 고강하다는 사실 때문이다.

그때 부상쾌가 자신이 여태까지 살펴보던 시체를 향해 걸어가서 다시 살피기 시작했다.

그러자 다른 조원들도 각자의 시체로 다가갔다. 무악이 찾아낸 검즐문을 자세히 봤기 때문에 자신감이 생긴 것이다.

반 시진 후, 시체에서 즐문을 찾아낸 사람은 최초의 무악을 비롯하여 부상쾌와 훈용강, 낭랑, 주소영, 사도풍, 그리고 고선이다.

다른 사람들은 시체를 핥듯이 살폈으나 반 시진이 지나도록 아무것도 찾아내지 못했다.

무악을 비롯한 일곱 명이 찾아낸 것은 모두 검즐문이며, 두 명의 솜씨다. 일곱 구의 시체에 남겨진 검즐문이 두 종류라는 뜻이다.

나머지 세 구의 시체에서는 진검룡이 검즐문을 찾아냈으며, 그 역시 두 명의 솜씨였다. 즉, 한 명이 둘을 죽였고, 다른 한 명이 한 명을 죽인 것이다.

열 구의 시체를 만든 흉수는 도합 네 명이며, 네 명의 공력이 모두 사십 년 내외라는 점이 같았다.

그것은 흉수가 네 명보다 훨씬 많다는 뜻이기도 하다.

경혼조원 열다섯 명은 진검룡을 중심으로 둥글게 모여 섰다.

다른 사람들이 봤다면 진검룡의 표정이 평소와 다르지 않다고 여길 것이다.

하지만 오랫동안 그와 생활한 경혼조원들은 그가 조금 다르다고 느꼈다. 그는 적잖이 경직돼 있었다.

진검룡이 평소와 달리 엄숙한 모습인 것은 열 구의 시체를 조사하고 난 이후이기 때문에 아마도 흉수하고 관련이 있을 것이라고 조원들은 추측했다.

"지금부터 듣게 될 말은 누구에게도 발설하지 마라."

진검룡의 목소리는 평소보다 더 나직했고 힘이 들어 있었다.

경혼조원들은 바짝 긴장했다. 그가 무엇인가를 '발설하지 마라' 고 말한 것은 이번이 처음이기 때문이다.

그는 조장이 된 이후 모든 것을 조원들의 자율에 맡겼었는데 방금 처음으로 뭔가를 강요했다.

"흉수의 수는 약 사십 명으로 추산된다."

"사… 십 명!"

"겨우 사십 명으로 사백삼십 명을 죽였다는 것입니까?"

사십 명이라는 말에 조원들 절반 이상이 크게 놀랐고, 장관 웅과 증혜가 믿어지지 않는다는 듯 물었다.

흉수가 사십여 명이라고 짐작했던 조원은 무악과 부상쾌, 훈용강, 낭랑, 주소영, 사도풍, 고선 등이다.

그들은 이곳의 시체 열 구를 만들어낸 흉수가 네 명이니까, 의검문 전체 사백삼십 명을 죽인 흉수의 수는 그보다 열 배 정도 많은 사십 명 내외일 것이라고 미루어 짐작했던 것이다.

진검룡은 계속 설명했다.

"흉수들이 사용한 검법은 한 종류로 월인자검(月刃刺劍)이라고 한다."

조원들은 진검룡이 흉수들이 사용한 검법까지 알아냈다는 사실에 놀라움을 감추지 못했다.

"월인자검……."

조원들 중에 누군가 나직이 중얼거렸다. 그러나 '월인자검' 이라는 검법을 들어본 조원은 한 명도 없었다.

"혹시……."

그래도 이곳저곳 굴러다니면서 산전수전 두루 겪은 낭랑이 뭔가 짚이는 것이 있는 듯 조심스럽게 입을 열었다.

"혹시 월인자검이 사천성(四川省)의 월인혈곡(月刃血谷)하고 관계가 있나요?"

그녀는 상황이 상황인지라 진검룡에게 깍듯이 존대를 했다. 그만큼 긴장하고 있다는 뜻이다.

'월인혈곡' 이라는 말에 부상쾌와 훈용강, 사도풍, 증혜 네 사람만 움찔 표정이 변했다. 월인혈곡이라는 말을 들어본 적이 있는 것이다.

진검룡은 가볍게 고개를 끄덕였다.

"그렇다. 월인자검은 월인혈곡의 독문검법(獨門劍法)이다."

"아……."

월인혈곡에 대해서 알고 있는 낭랑과 네 사람의 얼굴에 큰 놀라움이 떠올랐다.

하지만 그들은 월인혈곡에 대해서 소문 정도를 들었을 뿐이다. 무림의 혜소자(彗掃者:청소부)이며, 마도(魔道)의 야차(夜叉)들이라는.

월인혈곡을 모르는 조원들은 어리둥절한 표정으로 월인혈곡을 알고 있는 사람들을 쳐다보았다.

낭랑 등 월인혈곡을 알고 있는 조원들이 모르는 조원들에게 귓속말로 간단하게 설명해 주자 소스라치게 놀랐다.

"아아… 그렇다면… 그들 월인혈곡이 의검문을 멸문시킨 것인가요?"

고선이 더듬거리면서 진검룡에게 물었다.

진검룡은 가볍게 고개를 끄덕였다.

"현재로선 그렇다."

"맙소사… 그렇다면 그들이 우리 곤명지부를 노리고 있다는 건가요? 이제 어떻게 하면 좋죠?"

"그만 닥쳐라, 고선. 조장님의 말씀을 계속 듣자."

고선이 징징거리는 것을 부상쾌가 꾸짖듯이 잘랐다.

"월인혈곡은 혈마련의 휘하다."

"혀, 혈마련(血魔聯)!"

"악마총련(惡魔總聯)이라고 불리는 혈마련이라고요?"

진검룡의 말에 몇몇 조원들이 외마디 소리를 터뜨렸다.

예로부터 무림은 정파와 마도, 사파, 세 개가 주류를 이루어 누천년을 이어왔다.

이 삼 파(三派) 중에서 마도가 제일 먼저 혈마련이라는 집단을 결성했었다.

그것은 이천여 년 전의 일이다. 목적은 단 하나, 천하무림의 일통이었다.

혈마련은 몇 차례인가 천하무림을 일통하여 지배한 적이 있었으나 그 기간은 가장 긴 것이 삼십여 년에 불과했었다.

천하무림을 일통했을 때마다 정파가 봉기하여 혈마련을 와해시켰던 것이다.

이후 사파가 혈마련으로부터의 핍박에서 벗어나기 위해서 사황벌을 결성했으며, 지금으로부터 칠백여 년 전의 일이다.

맨 마지막으로 정파가 삼백여 년 전에 천의맹을 결성했다.

정파가 가장 늦은 이유는, 원래 정파인들은 강직하고 고집이 세서 잘 단합하지 못하기 때문이었다.

그렇지만 혈마련과 사황벌로부터 끊임없이 핍박을 당해온 정파는 결국 천의맹을 만들 수밖에 없었다.

삼 파 중에서 가장 거대한 조직은 사황벌이다. 그곳에 속한 방, 문파나 사파인의 수가 천의맹보다 다섯 배, 혈마련보다는 열다섯 배나 더 많다.

하지만 실력 면으로는 혈마련이 제일 강하다. 그들은 소수정예(少數精銳)를 이루고 있기 때문이다.

그다음이 천의맹이고 사황벌이 가장 약세다. 그렇지만 그

차이는 그다지 크지 않다.

천의맹이나 사황벌은 천하무림을 일통하려는 생각이 추호도 없다.

천의맹은 천하무림이 평화롭기만을 원할 뿐이고, 사황벌은 혈마련과 천의맹으로부터 자유롭기 위해서 발버둥을 치고 있는 정도다.

혈마련에 대해서 알려진 사실은 극히 드물다. 혈마련이 존재하는 한 천하무림 일통의 야욕을 포기하지 않을 것이라는 사실과 혈마련에 속한 몇몇 마도 방, 문파의 소름 끼치는 소문 같은 것들이다.

그중 하나가 바로 월인혈곡이다.

"지금부터 조장님의 말씀을 끊는 자는 내 손에 목줄이 끊어질 것이다."

조원들이 너무 자주 놀라기 때문에 부상쾌가 자신의 어깨의 검을 쓰다듬으면서 싸늘하게 엄포를 놓았다.

"조장님께서 우리들의 도움을 바라고 이런 말씀을 하시는 것이라고 생각하느냐? 절대 아니다. 우린 절대로 조장님을 도울 수가 없다. 도울 능력도, 힘도 없다. 조장님께선 우둔한 우리들을 깨우쳐 주시고 계신 것이다. 알았으면 입 닥치고 부디 듣고만 있어다오."

부상쾌의 말은 비수처럼 경혼조원 각자의 가슴속으로 소리없이 파고들어 그들을 이해시키고 또 침묵시켰다.

부상쾌는 진검룡이 누군지 알고 있다. 그날 밤, 강남지총부주 조탁은 진검룡을 청룡검신이라 불렀었고, 절대자라고도 했었다.

당금 천하에서 옥황상제는 몰라도 청룡검신이 누군지는 모두들 잘 알고 있다.

옥황상제가 천지 만물을 만든 절대자라면, 청룡검신은 정의와 평화를 이루어낸 절대자다.

그리고 부상쾌에게 진검룡은 전지전능의 절대자다. 그녀는 진검룡이 이 일을 해결할 수 있을 것이라고 굳게 믿는다.

아니, 그가 이번 사건을 해결하지 못한다고 해도 그에 대한 가없는 신뢰와 존경은 조금도 손상되지 않을 것이다.

진검룡의 조용한 목소리가 자늑자늑 실내를 울렸다.

"지난 백오십여 년 동안 잠잠했던 혈마련은 이제 다시금 천하무림의 일통을 시도하려는 듯하다. 그리고 곤명성을 첫 번째 대상으로 삼은 것 같다."

그 말을 듣고 경혼조원 열다섯 명은 머리 위에서 태산이 찍어 누르는 듯한 엄청난 중압감을 느꼈다.

"의검문은 첫 번째 제물이 된 것이다. 원인 같은 것은 없다. 단지 이제부터 혈마련이 곤명성을 피로 씻을 것이라는 과정이 진행될 뿐이다. 그리고 결과는 혈마련의 천하무림 일통의 실패냐, 아니면 성공이냐."

경혼조원들 머리 위에 얹혀 있던 태산 위에 백 개의 태산이 더 포개졌다.

조원들에게 조용히 하라고 윽박질렀던 부상쾌마저도 하얗게 질린 얼굴로 눈을 동그랗게 뜨고 진검룡을 바라보았다.

진검룡은 경혼조원들이 전혀 준비가 되지 않은 상태에서 엄청난 충격을 안겨주었다.

설명을 끝낸 그는 평소처럼 무심한 얼굴로 말했다.

"자, 이제부터 경혼조가 무엇을 할 수 있는지 알아보자."

*   *   *

적풍보는 곤명지부로부터 두 차례 조사를 받았다. 어쨌든 의검문하고 연관이 있기 때문이다.

처음에는 곤명지부 총당주 적설이 수하들을 이끌고 와서 적풍보 안팎을 샅샅이 뒤졌으며, 두 번째는 적풍보주 적풍대도 염인무가 곤명지부주의 부름을 받고 곤명지부로 찾아가서 강무교에게 직접 심문을 받았다.

그것으로 적풍보는 의검문 멸문 사건에 대한 모든 혐의에서 자유로워졌다.

어찌 보면 적풍보도 피해자다. 의검문 제자 일곱 명하고 싸워서 두 명의 무사를 잃었기 때문이다.

의검문 멸문 사건 엿새 만에 곤명성 사람들의 기억에서 적풍보는 거의 잊혀져 가고 있었다.

해시(밤 10시) 무렵의 적풍보.

하나의 검은 인영이 적풍보의 높은 뒷담을 바람에 날리는 가랑잎처럼 가볍게 날아 넘더니, 어둠과 적막에 잠긴 전각군 안쪽으로 일체의 기척 없이 스며들었다.

적풍보는 삼인일조(三人一組) 사 개 조가 이 조씩 번갈아가면서 적풍보 안쪽을 순찰하고 있을 뿐 평상시의 밤하고 조금도 다름이 없는 상황이었다.

적풍보에 잠입한 검은 인영은 무인지경처럼 전각과 전각 사이를 누비며 쏘아갔다.

검은 인영의 경공은 실로 놀라웠다. 이쪽 전각에 모습을 나타냈는가 하면, 어느새 이십여 장쯤 떨어진 그 앞쪽 전각에서 다시 흐릿하게 모습을 드러냈다. 하지만 눈 한 번 깜빡일 사이에 다시 사라지기를 반복하고 있었다.

검은 인영은 마치 적풍보 내부 지리를 잘 알고 있는 것처럼 두리번거리지도, 망설이지도 않고 곧장 적풍보주의 거처를 향해 쏘아갔다.

검은 인영은 다름 아닌 진검룡이었다. 그는 곤명지부 경혼 조장의 복장 그대로 적풍보에 잠입하여 열 호흡이 지나기도 전에 적풍보주의 거처인 적운각(赤雲閣)에 도달했다.

그는 적풍보에 지금 처음 와보는 것이지만, 대부분의 방, 문파들 구조를 손바닥 들여다보듯이 훤하게 꿰고 있으며, 적풍보도 그 범주를 벗어나지 못하기에 적풍보주의 거처를 쉽게 찾을 수 있었다.

그가 적풍보에 잠입한 이유는 한 가지다. 이곳에 혈마련 휘하 월인혈곡의 마도 고수들이 칩거하고 있을 것이라고 판단했기 때문이다.

엿새 전 곤명성 한복판 주루에서 적풍보 무사들과 의검문 제자들이 싸운 일을 가볍게 봐 넘기지 않은 것이다.

의검문 제자들의 진술에 의하면, 처음에 주루에서 적풍보 무사 한 명이 의검문 제자들이 앉아 있는 탁자 옆을 지나면서 팔꿈치로 술병을 건드려서 쏟았고, 그것이 싸움의 발단이 됐다는 것이다.

어쨌든 시비의 빌미는 적풍보 무사가 최초로 제공했다.

구태여 적풍보 무사가 의검문 제자들에게 시비를 걸지 않고 월인혈곡의 마도 고수들, 즉 월인마고수(月刃魔高手)들이 의검문을 멸문시킬 수도 있었다.

자칫하면 적풍보가 의심을 받을 수도 있는데, 어째서 적풍보 무사들이 주루에서 의검문 제자들에게 먼저 시비를 걸었는지에 대한 것까지는 진검룡도 모른다.

하지만 그것에는 필시 무슨 이유가 있을 터이다. 진검룡은 그 이유가 일종의 '자기과시' 혹은 '전시효과' 일지도 모른다고 짐작하고 있었다.

오래전부터 월인혈곡이 적풍보를 곤명성의 교두보(橋頭堡)

로 삼았다면, 머지않아서 곤명성이 자신들 수중에 들어올 것이라고 적풍보 무사들이 의기양양할 수도 있는 일이다.

적풍보주 염인무의 거처인 적운각은 삼층이다. 진검룡은 이 전각의 이름은 모르지만, 이곳이 염인무의 거처이며 그가 삼층을 사용하고 있을 것이라는 사실은 짐작할 수 있었다. 대다수 방, 문파의 수장(首長)들 대부분이 그렇기 때문이다.

적운각 일층 대전 입구와 전각 안 곳곳에는 도합 삼십여 명 정도의 적풍보주 직속 호위무사들이 지키고 있다.

스으.

하지만 적운각 뒤쪽 땅에서 바람을 타고 떠오르는 풀잎처럼 수직으로 상승하고 있는 진검룡을 발견하거나 기척을 감지한 사람은 아무도 없었다.

지상에서 십여 장 높이인 적운각 삼층까지 눈 깜짝할 사이에 솟구친 진검룡은 전각 벽과 반 장의 거리를 둔 상태에서 상체를 약간 오른쪽으로 기울이고는 느릿하게 오른쪽으로 이동하기 시작했다.

두 발은 땅을 딛고 서 있는 것처럼 움직이지 않고 상체만 약간 기울였을 뿐인데, 그의 몸은 마치 낮게 뜬 구름이 흐르듯이 오른쪽으로 조금씩 미끄러졌다.

그는 그냥 오른쪽으로 흐르기만 하고 있는 것이 아니다. 그의 귀는 삼층 안에서의 극히 미미한 기척까지도 낱낱이 감지하고 있는 중이었다.

문득 삼층을 절반쯤 돌았을 때 뭔가를 감지한 그는 스르르 정지했다.

그곳은 어느 창밖이었다. 창틈 새로는 불빛에 묻어서 술 향기가 흘러나왔다.

진검룡은 마치 계단을 걸어 올라가듯이 천천히 허공을 밟으며 올라갔다.

소림사나 무당파에서는 허공답보(虛空踏步)라고 하는 상승의 신법이다.

이런 신기를 전개할 수 있는 절정고수는 무림을 통틀어서 백여 명에 불과할 터이다.

그는 창 위쪽 지붕에 추호의 기척도 없이 걸터앉아 실내에서 흘러나오는 말소리를 들으면서 밤하늘을 올려다보았다.

저 멀리 서쪽 야공에 구름에 반쯤 걸린 반달이 희뿌연 빛을 뿌리고 있었다.

문득 낙양성에서 이따금씩 바라보았던 달이 생각났다. 그러면서 그곳에서의 여러 기억들이 잇달아 그의 머릿속에서 샘물처럼 솟아났다.

세월이 흐르면 낙양성의 기억들을 잊게 될지도 모른다고 생각했으나 전혀 그렇지가 않았다.

몸에 난 상처는 세월이 흐르면 흉터가 되고 더 오랜 세월이 흐르면 흐릿하게 변하지만, 뇌리와 마음에 깊이 새겨진 기억의 상처들은 아무리 세월이 흘러도 더욱 또렷해졌다.

'소운…….'

반달이 뿌려내는 부윰한 월광에 천의맹주인 천의봉후 백소운의 아름다운 얼굴이 떠올랐다.

천의맹주는 오로지 한 문파에서만 배출된다. 삼백여 년 전에 천의맹이 결성될 때 주도적인 역할을 했으며, 초대 맹주를 배출했던 문파다.

절검문(絶劍門).

바로 진검룡의 사문이다.

백소운 전대 천의맹주는 진검룡과 백소운의 사부였었다.

불과 십여 년 전까지만 해도 사부는 진검룡만큼 위대한 대영웅이었다.

천추검제(千秋劍帝) 유운학(劉雲鶴).

천의맹 결성 삼백여 년이래 그의 시대가 가장 평화로웠다고 무림, 아니, 천하의 모든 사람들은 입을 모았다.

천추검제 유운학은 백소운을 다음 대 천의맹주로 일찌감치 정하고 그녀에게 자신의 모든 것을 가르쳤었다.

유운학에게는 단 두 명의 제자가 있었는데, 바로 진검룡과 백소운이었다.

무공은 진검룡이 뛰어나고 두뇌는 백소운이 월등하다는 것이 유운학의 평가였다.

그러나 사실은 무공이든 두뇌든 진검룡이 더 우수했다. 단지 그가 자신의 천재성을 겉으로 드러내지 않고 깊이 감추었을 뿐이다.

아니, 그는 어렸을 때부터 과묵한 성격이었으므로 묵묵히 무공 연마에만 열중했을 뿐 총명함을 드러내는 일에는 그다지 흥미가 없었다.

사부 유운학은 진검룡과 백소운이 혼인을 해서 한 몸이 되어 천의맹을 이끌어 나가기를 원했다. 그래서 진검룡에게 백소운을 잘 보필하라고 누누이 당부했다.

그런데 그는 사부의 명령을 지키지 못한 채 모함을 당해 백소운이 있는 낙양성에서 일만 리 이상 떨어진 이곳 운남성에 있다.

"크헛헛헛! 탈명마존야(奪命魔尊爺), 다음에 짓밟을 곳은 어딥니까?"

그때 창문 틈새로 흘러나온 웃음소리에 진검룡의 상념이 깨져 버렸다.

탈명마존(奪命魔尊).

마련십마존(魔聯十魔尊) 중의 일인이다.

혈마련 총본련(總本聯) 내에는 오천여 명의 일류고수들이 득실거리는데, 그중에서도 오십오 명이 총본련의 중추적인 인물이다.

이름하여 혈마오십오세(血魔五十五勢)라고 하며, 최고 우두머리, 즉 혈마련주가 무혈황(武血皇)이고 최하위가 마련십마존이다.

그들 오십오 명 혈마오십오세야말로 당금 마도의 실세들

이며, 최고 배분이며, 절정고수들이라고 할 수 있다.

그런데 방금 창문 안에서 탈명마존야라는 이름이 흘러나
온 것이다. 별호 뒤에 '야(爺)'를 붙인 것은 그에 대한 극상의
존칭이다.

혈마련 총본련의 혈마오십오세 중 최하위인 마련십마존의
탈명마존이 이곳에 있다.

그가 친히 월인혈곡의 월인마고수들을 이끌고 곤명성에
온 것이다. 그리고 첫 번째 제물로 의검문을 삼았다.

"허허허, 보주는 다음 문파를 어디로 했으면 좋겠소?"

자욱하게 깔린 안개 같기도 하고, 골짜기에서 불어오는 바
람 소리 같기도 한 목소리가 흘러나왔다.

방금 목소리가 탈명마존이고, 조금 전의 목소리가 적풍보
주 염인무가 분명하다.

염인무가 의검문 다음에 어느 방, 문파를 멸문시킬 것인지
를 물었고, 탈명마존은 염인무가 원하는 곳을 선택하겠다는
뜻으로 대답한 것이다.

탈명마존 정도의 굉장한 신분이라면 염인무 따위를 티끌
처럼 여길 텐데도, 그는 염인무를 함부로 대하지 않았다.

그 이유가 탈명마존이 원래 사람을 존중하기 때문인지, 아
니면 염인무가 이용 가치가 있어서인지는 모를 일이었다.

第五十三章
경혼조장의 위엄

같은 시각의 곤명지부.

강무교의 집무실이 있는 한복판의 검우각(劍雨閣). 강무교의 별호가 검우세이기 때문에 그것에서 검우각이라는 이름을 따왔다.

넓은 실내의 한쪽 탁자에는 강무교와 총관 고명, 총당주 적설이 앉아 있고, 맞은편에는 부상쾌와 훈용강이 마주 보고 앉아 있다.

진검룡은 의검문에서 알아낸 사실들을 강무교와 고명, 적설 세 사람에게만 설명하라고 부상쾌와 훈용강에게 지시했다.

경혼조의 부조장은 주소영이지만, 그녀는 말주변이 없어서 대신 부상쾌와 훈용강을 보낸 것이다.

방금 두 사람의 그리 길지 않은 설명이 끝났다.

그렇지만 강무교와 고명, 적설은 아무 말도 하지 않았다. 아니, 하지 못했다. 단지 얼굴 가득 경악지색만 떠올리고 있을 뿐이다.

부상쾌와 훈용강은 일개 조원이면서도 지부주와 총관, 총당주하고 대좌(對坐)하고 있었다. 경혼조의 위상이 그만큼 높고 특별하기 때문이다.

두 사람은 강무교 등이 정신을 수습할 때까지 잠자코 기다리고 있었다. 그들의 놀라움이 어느 정도일지는 충분히 짐작할 수가 있었다.

"아아… 맙소사… 혈마련이라니……."

한참 만에 제일 먼저 입을 연 사람은 고명이다. 그는 열병에 걸린 사람처럼 비지땀을 흘리며 더듬거렸다.

"여태 말한 것이 모두 사실인가?"

진검룡이 조사했다는 것을 알면서도 사안이 너무도 중대하여 그렇게 물을 수밖에 없었다.

훈용강이 정중하게 대답했다.

"조장님께서 조사하시는 것을 처음부터 끝까지 우리가 옆에서 직접 목격했습니다."

"음… 그런데 진 조장이 의검문을 멸문시킨 것이 혈마련의 월인혈곡이라고 말했다는 겐가?”

고명 등은 월인혈곡이 혈마련 휘하라는 사실마저도 조금 전에 처음 알게 되었다.

“그렇습니다.”

“진 조장이 뭘 잘못 본 것이 아닌가?”

“그렇지 않소. 진 조장이 잘못 볼 리가 없소.”

고명의 불신에 대한 대답은 강무교가 대신했다. 그는 진검룡을 자기 자신보다 더 신뢰하고 있었다.

“음… 너무도 엄청난 일이라서 나도 모르게 나온 말입니다.”

거기에서 다시 대화가 끊어졌다. 고명의 말마따나 너무 엄청난 일이라서 무엇을 어떻게 해야 할지 눈앞이 캄캄해서 말문이 막혔다.

한참이 지나서도 강무교 등이 여전히 경악하는 얼굴로 침묵만 지키고 있자 보다 못한 부상쾌가 툭 내뱉었다.

“조장님 말씀을 전하겠습니다.”

순간 강무교 등의 시선이 일제히 부상쾌에게 집중됐다.

이 순간 부상쾌는 진검룡의 위대함을 새삼 절감하면서 말을 이었다.

“월인혈곡의 다음 표적은 곤명지부가 될 가능성이 높으므로 그것에 대한 대비를 철저히 하라고 말씀하셨습니다.”

순간 세 사람의 안색이 하얗게 질려 버렸다.

강무교가 쥐어짜듯이 말문을 열었다.

"으음… 진 조장이 그렇게 예상했단 말인가?"

"그렇습니다."

이번에는 훈용강이 말했다.

"지부주, 혈마련이 백오십여 년 만에 '천하무림 일통'을 재개했으며, 그 시발점을 곤명성으로 정했습니다."

그는 자신들이 여태까지 한 설명을 정리해 주었다.

"조장님께선 혈마련에 속한 마도 방파 중에서 월인혈곡은 상급(上級)에 속한다고 말씀하셨습니다. 혈마련이 곤명성에 월인혈곡 같은 대단한 마도 방파를 보낸 이유는, 혈마련이 곤명성을 반드시 수중에 넣어 시작부터 기선을 제압하려는 의도일 것이라고도 말씀하셨습니다."

얼마 전까지만 해도 운남성 시골의 분타주였던 강무교나 곤명지부의 일개 전주였던 고명에게 혈마련이니 월인혈곡 같은 이름은 전설이나 먼 나라의 얘기로만 들렸다. 그래서 도무지 실감이 나지 않았다.

"지부주께선 곤명성을 지켜야 할 책임이 있으시다는 사실을 부디 잊지 마십시오."

훈용강은 말을 끝내고 깊이 고개를 숙였다가 들었다.

적설은 놀라면서도 감탄하는 표정으로 훈용강을 쳐다보았다.

지금 그가 보고 있는 훈용강은 예전 진원분타 적룡당주 시절의 훈용강이 절대로 아니다.

훈용강은 일개 조원이지만 그의 모습과 기도는 지부주인 강무교를 능가하여 오히려 그를 압도하고 있었다.

그리고 그의 위상은 진검룡을 많이 닮아 있었다. 적설은 그것이 몹시 부러웠다.

한참 만에 강무교는 무거운 신음을 흘리며 입을 열었다.

"음! 나를 일깨워 줘서 고맙네."

지부주인 그는 일개 조원인 훈용강의 말에 깨우침을 얻고 진심에서 우러난 고마움을 표하고 있었다. 그는 훈용강을 진검룡을 대하듯 하고 있는 것이다.

"알았네. 내가 할 수 있는 선에서 최선을 다해보겠네."

그러다가 강무교는 문득 생각난 듯 물었다.

"그런데 진 조장은 지금 어디에 있는가?"

"월인혈곡의 월인마고수들을 찾으러 가셨습니다."

"월인마고수들을 찾으러……?"

자신들로서는 엄두도, 아니, 상상하는 것조차 두려운 그 일을 진검룡은 단신으로 실행하고 있는 것이다.

그러므로 어찌 그를 존경하지 않을 수 있겠는가.

*　　　*　　　*

진검룡은 적풍보 전문에서 오십여 장쯤 떨어진 골목 어귀 안쪽에서 기다리고 있던 무악과 주소영에게로 갔다.

"사부님."

초조한 표정의 두 사람은 진검룡을 보자마자 달려왔다. 주소영은 그의 품에 안기고 무악은 그의 팔을 잡았다.

"걱정했어요."

"별일 없으셨나요?"

두 제자의 말에 진검룡은 빙그레 미소 지으며 머리를 쓰다듬어 주었다.

"악아, 너는 이 길로 곤명지부로 달려가서 지부주에게 내 말을 전해라."

반가운 표정이던 무악은 바짝 긴장했다.

"곤명지부 무사 사백 명을 이끌고 와서 적풍보를 포위하고 있다가 축시(새벽 2시)에 종이 울리면 일제히 들이닥치라고 전해라. 단, 적풍보가 저항하지 않을 경우에는 공격하지 말아야 한다."

무악은 너무 긴장해서 대답을 못하고 눈을 동그랗게 뜬 채 고개를 끄덕였다.

"가라."

"네, 사부님."

무악은 달려가다가 멈추고 뒤돌아보았다. 무엇인가를 느끼는 것인지 염려스러운 표정으로 진검룡을 쳐다보았다.

진검룡은 말없이 고개를 끄덕이며 손으로 어서 가라는 손짓을 해 보였다.

무악은 다시 달려갔지만 어둠 속으로 완전히 사라질 때까지 서너 번 더 뒤돌아보았다.

"소영아."

"네……."

주소영 역시 불길함을 느꼈는지 진검룡의 품에서 떨어지지 않으려고 하며 얼굴을 그의 가슴에 묻은 채 대답했다.

진검룡은 주소영을 가볍게 번쩍 들어 올려 손으로 궁둥이를 받치고 안았다.

"소영아."

"듣고 싶지 않아요."

주소영은 마구 도리질하고선 얼굴을 그의 가슴에 묻으며 두 팔로 등을, 두 다리로 허리를 꼭 끌어안으며 깊이 안겼다.

진검룡은 어린아이처럼 작은 체구인 주소영의 궁둥이를 두드리며 빙그레 미소 지었다.

"이 녀석아, 이러고 있다가는 일을 그르치겠다."

"그런 것 몰라요. 곤명지부 무사들이 올 때까지 이렇게 하고 있을 거예요."

주소영은 진검룡이 혼자 적풍보로 들어가서 월인마고수들을 상대할 것이라고 예감했다.

그래서 절대로 그를 놔줄 수 없다고 생각한 것이다. 진검룡이 아무리 고강해도 사십여 명이나 되는 월인마고수들을 상대하지는 못할 것이라고 지레짐작했다.

문득 진검룡은 가슴이 축축해지는 것을 느꼈다. 주소영이 울고 있었다.

그는 그녀의 얼굴을 떼어내고 턱을 치켜들었다.

"왜 우느냐?"

소나찰 주소영은 비에 흠뻑 젖은 배꽃처럼 청초한 얼굴로 눈물을 흘리면서 진검룡을 바라보았다.

"꼭 살아 돌아오셔야 해요……."

"그러마. 그 대신 웃어라. 너는 웃는 모습이 예쁘다."

주소영은 눈물을 흘리면서도 웃으려고 애썼다.

"살아서 돌아오시면… 아무런 조건 없이 그냥 제 순결을 드릴게요."

"이 녀석이?"

짐짓 엄한 표정을 지으며 꾸짖으려던 진검룡은 움찔 놀랐다. 주소영이 갑자기 상체를 일으키더니 그의 양 뺨을 잡고 입을 맞춘 것이다.

눈을 꼭 감고 비 오듯이 눈물을 흘리며 마구 입술을 비벼대는 주소영의 얼굴이 보였다.

입맞춤을 할 줄도 모르는 것이 사부의 입술을 덮치고 마구잡이로 그의 혀를 빨아댔다.

진검룡은 그녀를 떼어내야 한다고 생각했으나 그녀의 행동이 너무 처절해서 마치 절규처럼 느껴져 그러지 못했다.

그녀는 진검룡의 혀를 아기가 어미의 젖을 빨듯이 쪽쪽 빨
다가 침이 범벅된 입을 떼어내고 만족한 듯 혀로 입술을 핥았
다.

"헤헤!"

장난스럽게 웃는 주소영을 땅에 내려놓고 진검룡은 꿀밤
을 한 대 때렸다.

"인석."

콩!

"아야!"

아프지도 않으면서 머리를 감싸 안는 주소영은 작은 승리
감에 취했다.

그녀는 자신이 단은한이나 부상쾌, 고선에 비해서 예쁘지
도 않고, 낭랑처럼 저돌적이지도 않으며, 미미처럼 귀엽게 재
롱이나 애교를 부리는 재주도 없기 때문에 늘 열등감에 젖어
있었다.

그런데 그 열등감을 방금 입맞춤 한 방으로 다 날려 버렸
다. 조원들 중에서 진검룡의 입술을 최초로 훔친 여자가 된
것이다.

스륵.

술을 마시고 있던 염인무와 탈명마존은 미약한 소리를 듣
고 창 쪽을 쳐다보았다. 창이 열리는 소리였기 때문이다.

그리고는 활짝 열린 창을 통해서 한 명의 흑의인이 천천히 느긋하게 들어서고 있는 것을 발견했다.

흑의인은 삼층 창으로 들어오면서도 마치 잠시 산책을 나갔다가 자신의 방에 돌아오는 것처럼 여유로웠다.

물론 흑의인은 진검룡이다. 그는 놀라고 있는 염인무와 싸늘한 눈빛으로 무섭게 쏘아보고 있는 탈명마존을 향해 천천히 걸어갔다.

"네놈은 누구냐?"

그렇게 묻는 것은 역시 수양이 부족하고 실력이 달리는 염인무다.

그러나 진검룡은 염인무 따윈 안중에도 두지 않고 두 사람의 다섯 걸음 앞에서 멈추었다.

그때 염인무는 진검룡의 상의 왼쪽 가슴에 동그라미가 그려져 있고 뿔 달린 마귀의 모습이 그려져 있으며, 오른쪽 가슴에는 '장(長)'이라고 수놓아져 있는 것을 발견하고 조소하듯 미소를 지었다.

"호오… 이제 보니 네놈은 곤명지부의 일별조 경혼조장이었군? 별호가 경혼협객이라고 했던가?"

곤명지부에서 제일 유명한 경혼조와 그 조장이 경혼협객이라는 소문을 염인무도 들은 모양이었다.

염인무는 가소롭다는 표정으로 진검룡을 쳐다보았다. 그는 상대가 곤명지부 경혼조장이라는 것만 생각했지 그가 이

늦은 시간에 삼층 창문으로 소리없이 들어섰다는 사실은 미처 깨닫지 못하고 있었다.

하지만 탈명마존은 진검룡이 결코 평범한 인물이 아니라는 사실을 한눈에 간파했다.

그는 진검룡이 불쑥 나타나서 적이 놀랐으나 그보다는 그가 이곳에 나타난 이유가 더 궁금했다. 그리고 그의 진짜 정체가 무엇인지도 궁금했다. 그가 곤명지부의 일개 조장이라는 사실을 믿지 않았다.

"이놈아! 여기가 어딘 줄 알고 감히 나타났느냐?"

염인무는 쩌렁하게 호통을 치면서 한쪽 벽으로 걸어가 자신의 애도인 적풍도를 쥐고 다시 제자리로 돌아왔다.

탈명마존은 일단 나서지 않고 잠시 지켜보기로 했다. 그는 자신이 진검룡을 제압하지 못할 것이라고는 눈곱만큼도 생각하지 않았다.

그때 진검룡이 조용한 목소리로 탈명마존에게 물었다.

"혈마련이 천하대계(天下大計)를 개시했느냐?"

"……"

탈명마존은 움찔하며 표정이 변했다. 진검룡이 전혀 예상하지 못했던 말을 했기 때문이다.

"너는 누구냐?"

탈명마존은 잠시 지켜보려고 했던 생각을 바꾸었다. 혈마련이 천하대계를 개시했다는 사실을 알고 있는 자는 혈마련 총본련의 혈마오십오세뿐이다. 그들이 심사숙고해서 결정했기 때문이다. 그것을 진검룡이 꿰뚫어 본 것이다.

"천의맹 곤명지부 휘하 경혼조장이다."

진검룡의 대답에 탈명마존은 눈살을 찌푸렸다. 그의 생각으론 진검룡은 절대 일개 조장 따위가 아니다. 그런데 염인무도 진검룡을 '경혼조장'이라고 부르지 않았는가.

"여긴 왜 왔느냐?"

"존야, 일단 이놈을 제압하고 나서 족칩시다!"

창!

그때 염인무가 득달같이 도를 뽑아 곧장 진검룡을 베어가면서 외쳤다.

위잉!

적풍도는 오른쪽 측면에서 진검룡의 머리를 향해 무지막지하게 베어갔다.

탈명마존은 과연 이 상황을 진검룡이 어떻게 대처할지 궁금해서 날카롭게 지켜보았다.

그러나 진검룡은 시선을 탈명마존에게 고정시킨 채 염인무나 적풍도는 쳐다보지도 않고 불쑥 오른손을 내밀었다.

척!

이어서 그의 엄지와 검지가 천 근 이상의 무게로 베어오던 적풍도의 도신을 가볍게 잡아버렸다.

"으헛?"

염인무는 소스라치게 놀라서 적풍도를 두 손으로 잡고 신음을 흘리며 온 힘을 다해서 잡아당겼으나 요지부동 꼼짝도 하지 않았다.

"으으……."

탈명마존은 적잖이 놀랐다. 그는 진검룡이 피하거나 반격할 것이라고 예상했었지 손가락으로 잡을 것이라고는 조금도 예상하지 못했었다.

만약 똑같은 상황이라고 해도 탈명마존은 두 손가락으로 적풍도를 잡아내지 못했을 것이다.

그는 한순간 어쩌면 진검룡이 자신보다 한 수 위의 고수일지도 모른다는 생각이 들었다.

휙!

"엇?"

그때 진검룡이 잡고 있던 적풍도를 가볍게 잡아당기자 적풍도를 빼내려고 온 힘을 다 쏟아내고 있던 염인무가 온몸을 던지듯이 진검룡에게 끌려왔다.

순간 진검룡은 적풍도를 놓으면서 손을 뻗어 번개같이 염인무의 상체 몇 군데 혈도를 눌러 버렸다.

쿵!

"윽!"

염인무는 순식간에 마혈이 제압되어 쥐고 있던 적풍도를 놓치면서 나무토막처럼 바닥에 나뒹굴었다.

순간 진검룡은 아직 허공에 떠 있는 적풍도의 도신 도첨 쪽을 손가락으로 가볍게 튕겼다.

패액!

찰나 적풍도가 맹렬하게 회전하면서 탈명마존을 향해 빛처럼 빠르게 쏘아갔다.

진검룡이 손가락으로 염인무의 적풍도를 잡고, 이어서 그를 제압하자마자 적풍도를 손가락으로 튕겨서 날린 동작은 거의 한순간에 일어났다.

또한 탈명마존은 그 광경을 보면서 적잖이 놀라고 있었기 때문에 진검룡이 적풍도를 날릴 것이라고는 추호도 예상하지 못했었다.

"헛!"

탈명마존은 움찔 놀라 다급히 왼쪽으로 미끄러지듯이 이동했으나 공격권에서 완전히 벗어나지 못하고 상체를 뒤로 젖혀서야 아슬아슬하게 피했다.

파아.

회전하는 적풍도의 칼날이 그의 가슴 부위 옷자락을 잘라서 천 조각을 허공으로 날렸다.

그런데 젖혔던 상체를 재빨리 펴는 순간 그는 진검룡이 어느새 코앞까지 쇄도하고 있는 것을 발견하고 간담이 서늘해졌다.

슈우—

그뿐 아니라 진검룡이 왼손을 뻗어 빛처럼 빠르게 목과 가슴을 동시에 찌르고 후려쳐 오자 탈명마존은 미친 듯이 상체를 좌우로 흔들면서 피하려고 발버둥을 쳤다.

뚜둑!

"크윽……."

그 덕분에 탈명마존은 진검룡의 왼손이 자신의 목과 가슴을 노리는 것을 피했으나 왼팔이 가볍게 붙잡힌 것을 뿌리치는 바람에 여지없이 팔뼈가 부러졌다.

방금 진검룡이 펼친 수법은 제자인 미미에게 가르친 환영탐기인데, 탈명마존으로선 알아보지 못했다.

탈명마존은 다급히 보법을 밟아 재차 엄습할 진검룡의 공격을 대비하는 한편 재빨리 전신 공력을 끌어모아 오른손 일장을 발출했다.

쿠우우―

탈명마존은 무기가 없다. 그 무엇보다도 빠르고 위력적이며 잔인한 탈명마장(奪命魔掌)이라는 장법이 있기 때문이다.

그리고 지금 그의 오른손에서 펼쳐지고 있는 것이 바로 탈명마장이다.

탈명마존은 진검룡이 자신보다 조금 고강한 것을 인정하지만, 일단 탈명마장이 펼쳐진 이상 전세를 한순간에 역전할 수 있을 것이라고 확신했다. 그 정도로 자신의 탈명마장을 신뢰하고 있었기 때문이다.

더욱이 진검룡이 탈명마장을 피하지 않고 곧장 공격해 오는 것을 보고는 입가에 회심의 미소마저 떠올렸다.

탈명마장이 급소에 정통으로 적중되면 즉사하는 것은 당연하고, 웬만한 부위에 맞더라도 치명상을 입게 될 것이기 때문이다.

그때 일직선으로 쇄도해 오던 진검룡이 왼손 손바닥을 활짝 펴서 느릿하고도 묵직하게 밀어냈다.

후우.

그러자 반투명한 백색의 기류가 그의 장심에서 뿜어져 탈명마장을 마주쳐 나갔다.

순간 탈명마존은 흠칫했다. 진검룡의 장심에서 백색 기류가 뿜어진 것도 놀랍지만, 백색 기류가 뿜어지는 순간 온몸으로 확 엄습하는 극심한 한기 때문에 더욱 놀랐다.

그 한기가 얼마나 차디찬지 뼛속까지 느껴질 정도였다.

그로 인해 탈명마존은 불길함에 휩싸였다. 방금까지만 해도 입가에 떠올랐던 회심의 미소는 씻은 듯이 사라지고 두 눈에 불안함이 어른거렸다. 하지만 이제 와서 탈명마장을 회수할 수는 없는 일이다.

퍽!

"흐악!"

탈명마장과 진검룡이 발출한 백색 기류가 정통으로 맞부딪치면서 격돌하자 물에 흠뻑 젖은 가죽 북을 두드린 듯한 음향과 함께 처절한 비명 소리가 터지며 탈명마존이 뒤로 붕 날아갔다.

쿵!

그는 뒤쪽 벽에 모질게 부딪쳤다가 바닥에 떨어졌다. 일어나려고 기를 썼지만 뜻대로 되지 않아서 버둥거릴 뿐이다.

왼팔은 진검룡의 환영탐기에 의해서 부러졌으며, 오른손은 방금의 격돌로 얼어버렸기 때문이다.

탈명마존의 오른손은 팔꿈치까지 부옇게 서리가 덮인 상태로 얼어버렸다.

그러다가 그가 일어나려고 무의식중에 손을 바닥에 짚자 그대로 얼음 조각이 되어 부서지며 흩어졌다.

파삭!

"크으으……."

그러나 탈명마존은 고통을 느끼지 못했다. 방금 진검룡이 발출한 일장이 무엇인지 알아보았고, 그래서 그가 누군지 깨달았기 때문이다.

당금 무림에서 이 정도의 엄청난 극음지기를 발출하여 탈명마존의 팔을 얼려서 부숴 버릴 정도의 절정고수는 결코 흔하지 않다.

더구나 탈명마장과 극음지기의 장력이 격돌하는 순간 소름 끼치는 극음지기가 탈명마장을 관통하여 손바닥으로 스며들게 하는 수법은 당금 무림에 단 한 명만이 전개할 수 있었다.

“흐으으… 천절극빙(天絶極氷)이라니 믿을 수가 없다…….
그렇다면 귀하는… 큭!”

탈명마존은 바닥에 엎어진 자세로 심장이 떨리는 듯한 목
소리로 중얼거리다가 낮은 신음을 흘렸다.

다가온 진검룡이 그의 뺨을 지그시 밟았기 때문이다.

“곤명성에는 네가 우두머리로 왔느냐?”

“크으으… 그… 렇다…….”

탈명마존은 일그러진 얼굴에 불분명한 발음으로 겨우 대
답했다.

그는 진검룡이 천의맹 낙양총부의 청룡검신이라는 사실을
확신했다.

그러므로 그에게 제압된 상황에서 가장 좋은 선택은 더 이
상 고통과 치욕을 당하지 않고 곱게 죽는 것뿐이라고 판단했
다.

그러기 위해서는 묻는 말에 고분고분 대답하는 것이 좋다.
그렇다고 혈마련의 극비 사항까지 발설할 수는 없다.

청룡검신을 속인다는 것은 쉬운 일이 아니다. 또한 그가 마
음만 먹으면 곤명성에 잠입한 혈마련 휘하 세력 정도를 알아
내는 것은 어려운 일이 아니다.

그러므로 어차피 알게 될 것 정도는 대답해 주고 빨리 죽임
을 당하는 것이 현명한 선택이었다.

이것으로 곤명성을 시작으로 운남무림을 장악하려던 혈마

련의 계획은 수포로 돌아갈 것이다.

청룡검신이 어떤 연유로 천의맹 곤명지부의 일개 조장이 됐는지는 모르지만, 그가 버티고 있는 이상 평범한 방법으로 운남무림을 장악하는 것은 어림도 없는 일이다.

탈명마존이 시작부터 청룡검신을 만난 것은 운이 없다고 밖에는 할 수 없었다. 정말 운이 없었다.

마혈이 제압되어 바닥에 탈명마존 쪽으로 쓰러져 있던 염인무는 이 순간 정신이 완전히 나간 상태였다.

그는 자신에게 적풍보를 혈마련의 곤명분타로 사용하겠다고 제시한 인물이 탈명마존이라는 사실을 알고는 혼이 달아날 정도로 놀랐었고, 또 기뻐했었다.

무림의 변방인 곤명성에서 고만고만한 방파의 수장 노릇을 하고 있는 염인무지만 그래도 탈명마존이 마도에서 얼마나 쩌렁한 인물인지는 잘 알고 있었다.

그래서 염인무는 탈명마존에게 잘 보이기만 하면 자신과 적풍보의 앞날은 순풍에 돛을 단 배처럼 전도양양할 것이라고 믿어 의심하지 않았었다.

그런데 방금 전에 그의 눈앞에서 벌어진 광경은 눈을 의심하게 만들었다. 아니, 그는 그 광경이 사실이라고 믿을 수가 없었다.

탈명마존 같은 굉장한 인물을 어린아이처럼 다루는 고수가 존재한다는 사실을 어떻게 믿을 수 있단 말인가.

　더구나 그 고수가 곤명지부 휘하의 경혼조장 경혼협객이라는 사실 때문에 염인무는 머릿속이 흙탕물처럼 어지러웠다.

　그러나 염인무는 시간이 흐르면서 탈명마존의 두 팔이 짓뭉개진 순간 자신의 원대한 꿈도 일장춘몽으로 끝났다는 사실을 깨닫기 시작했다.

　진검룡의 조용한 질문이 이어졌다.

　"월인마고수들은 어디에 있느냐?"

　탈명마존은 뺨을 밟힌 바람에 입술이 볼썽사납게 뾰족하게 튀어나왔으나 그런 것에 연연할 상황이 아니었다.

　그는 진검룡이 월인마고수까지 알고 있다는 사실에 경악을 금치 못했다.

　"으으… 이 전각 지하 석실에 있다……."

　탈명마존은 눈을 감으며 체념한 듯 대답했다. 어차피 진검룡이 염인무를 족치면 질문이 끝나기도 전에 대답을 듣게 될 것이다.

　"혈마련은 동시다발적으로 천하대계를 개시했느냐?"

　곤명성 말고 천하의 다른 지역에도 혈마련이 마수를 뻗쳤느냐는 물음이다.

　도대체 진검룡이 얼마나 알고 있는 것인지 탈명마존은 머릿속이 헝클어졌다.

　그러나 아무리 밟힌 쥐새끼 꼴이 된 탈명마존이라고 해도 그런 것까지 실토할 수는 없다.

"어서 죽여라."

탈명마존이 중얼거리자 진검룡은 세 가닥 지풍을 날려서 그의 마혈과 아혈을 동시에 제압했다.

순간 탈명마존은 눈을 부릅뜨고 핏발이 곤두선 눈으로 진검룡을 쏘아보았다. 그가 죽이치 않고 제압했기 때문이다.

그러나 진검룡은 탈명마존의 뺨에서 발을 떼고 전각 지하로 가기 위해서 문 쪽으로 걸어갔다.

第五十四章

일벌백계(一罰百戒)

大中原

진검룡의 예상이 조금 빗나갔다. 그는 월인마고수가 사십여 명일 것이라고 예상했었는데 실제로는 오십 명이었다.

그렇다고 그가 단신으로 월인마고수들을 제거하려던 계획이 바뀌는 것은 아니었다.

스르룽.

석실 안에 오십 명의 월인마고수가 있다는 사실을 석문 밖에서 숨소리만으로 간파한 진검룡은 거침없이 석문을 열고 안으로 들어섰다.

그는 석문을 등진 채 빠르게 석실 안을 훑어보았다.

석실은 매우 넓었으며 석문을 제외한 석벽에 나무 침상들이 빙 둘러 놓여 있었고, 대충 오십여 명의 흑의경장인이 침상에 거의 누워서 휴식을 취하고 있었다.

흑의경장인들은 모두 검을 메고 있었으며 진검룡이 들어섰는데도 그대로 누워 있는 자들이 대부분이었다.

왜냐하면 진검룡 역시 흑의경장을 입고 검을 메고 있었으며, 이곳에 외부인이 들어올 리가 없다고 여겼기 때문이다.

쉬고 있는 중이면 술이라도 마실 수 있을 텐데 흑의경장인들, 즉 월인마고수들은 한 방울의 술도 마시지 않았다.

"누구냐?"

그때 석문에 가깝게 누워 있던 월인마고수 한 명이 진검룡이 동료가 아니라는 사실을 깨닫고 벌떡 일어나면서 어깨의 검을 뽑으려고 하며 외쳤다.

슝!

그러나 진검룡이 발검과 동시에 검을 그어 내리자 소리쳤던 월인마고수는 미간에 한 점 혈화흔이 생기면서 신음도 지르지 못하고 즉사했다.

그렇지만 그로 인해서 월인마고수들은 침입자가 있다는 사실을 깨닫고는 일제히 침상을 박차면서 일어나 검을 뽑으며 진검룡을 향해 쏘아왔다.

방금까지만 해도 휴식을 취하고 있던 자들의 반응이라고는 믿어지지 않을 정도의 신속함이었다.

석문을 등지고 우뚝 버티고 선 진검룡은 벌 떼처럼 덮쳐 오는 월인마고수들을 주시하며 느릿하게 검을 치켜들었다.

그의 표정은 평소와 조금 달랐다. 두 눈에서 은은한 살기가 일렁였으며 어금니를 지그시 악문 모습이다.

악을 원수처럼 미워하는 그가 전의(戰意)를 느낄 때 지금 같은 모습이 된다.

진원분타 경혼조장이 된 이후 전의를 느끼는 것은 지금이 처음이다.

더구나 이들은 무고한 의검문 제자들과 곤명지부 일 개 분조원들을 난도질해서 죽였다. 죽은 사람들은 자신들이 무엇 때문에 죽었는지도 모른 채 이승을 떠났다. 그야말로 억울한 죽음이 아닐 수 없다.

정의란 이런 악마 같은 자들을 처단하는 것이다. 월인마고수 한 명을 죽이면 최소한 수십 명의 무고한 무림인들 목숨을 구하는 것이나 다름이 없다.

우웅.

오성의 공력을 주입하자 진검룡의 오른손에 쥐어져 있는 의천검이 진저리를 치면서 낮은 용음을 흘렸다.

진검룡은 강적이나 호적수와 상대하기 전에는 사문의 성명검법을 사용하지 않는다.

월인마고수 정도면 아무리 수가 많다고 해도 발도산검파면 충분하다.

비록 경혼조원들 모두가 배운 발도산검파지만, 진검룡의

손으로 전개되면 웬만한 명문대파의 성명절기를 훨씬 능가하는 위력이 발휘된다.

쏴아악!

후우우—

사십구 명의 월인마고수가 일제히 공격해 오는 소리는 소나기 같고, 진검룡의 발도산검파는 바람 소리 같았다.

진검룡의 의천검이 가장 선두에서 공격해 오는 월인마고수 세 명을 향해 뻗어갔다.

의천검은 찌르고 베어오는 검들 사이를 유성이 흐르듯이 미끄러지며 검끼리는 일체 부딪치지 않고 월인마고수의 얼굴과 목을 스쳐 지나갔다.

단지 그것만으로 세 명의 월인마고수는 미간과 목에서 혈화흔을 뿜어내며 그 자리에 뚝 멈추는 듯하다가 쏜살같이 뒤로 튕겨져 날아갔다.

진검룡의 의천검은 적의 몸에 전혀 닿지도 않았다. 미간을 겨냥한 상태에서 뻗어 나가다가 미간 반 자쯤 거리에서 의천검의 검첨이 기이한 떨림을 일으키면서 가볍게 튕기듯 떨쳐진다.

기이한 떨림은 검첨이 육안으로 보이지 않을 정도로 빠르게 움직여서 허공에 손톱 반의반만 한 크기의 예기(銳氣:날카로운 기운)를 만드는 과정이고, 검첨이 튕기듯 떨쳐지는 것은 예기를 적을 향해 쏘아내는 것이다.

그러니까 그것은 검풍 같은 것이다. 검풍이란 검을 특수한 초식으로 빠르게 움직여서 날카로운 바람을 일으켜 그것으로 적을 상하게 하는 것으로, 절정고수만이 전개가 가능하다.

후우우.

의천검이 종횡무진 흐르며 다시 세 명의 월인마고수를 황천으로 보냈다.

순식간에 동료 여섯 명이 죽어서 튕겨졌는데도 월인마고수들은 추호도 개의치 않고 오히려 좌우와 허공으로 공격 범위를 더 넓히면서 가일층 맹렬하게 공격을 퍼부어왔다.

쐐쐐애액!

과연 무림의 혜소자이며 마도의 야차라고 불릴 만한 월인마고수들의 합공이다.

이들은 의검문과 곤명지부 일 개 분조원, 사백삼십 명을 몰살시키면서도 자신들은 한 명도 죽지 않았다.

그 이유는 이들이 막강하기 때문이고 상대적으로 의검문 제자들과 곤명지부 분조원들이 너무 약했기 때문이다.

호랑이들은 아무리 많은 승냥이들과 싸운다고 해도 조금쯤은 다칠지언정 죽지는 않는다.

쐐애액! 패애액!

날카로운 파공음이 석실을 떨어 울리면서 수많은 검의 소나기 검우(劍雨)가 진검룡의 온몸으로 쏟아졌다.

그러나 월인마고수들이 호랑이라면 진검룡은 천룡이다.

제아무리 백수의 왕 호랑이라고 해도 삼라만상의 조화신(造化神) 천룡을 이길 수는 없다.

후우우우…….

진검룡의 움직임이 더욱 빨라졌다. 지금까지는 어깨 넓이로 벌린 채 바닥을 굳건하게 딛고 있는 두 발을 움직이지 않았으나 이제는 비로소 물 흐르듯이 가볍고도 경쾌한 보법을 밟기 시작했다.

한꺼번에 공격해 오는 월인마고수들을 반격으로 모두 거꾸러뜨릴 수는 없다.

그래서 보법을 밟아 적의 공격을 피하는 한편 의천검은 허공에 번뜩번뜩 마치 천룡이 몸을 뒤집으면서 비늘을 뿌리듯 검풍을 쏘아냈다.

파파파아아.

의천검이 번뜩이는 곳에는 어김없이 월인마고수들이 미간이나 목, 심장에 혈화흔을 뿜어내며 튕겨 날아갔다.

진검룡은 예전에 이런 싸움을 밥 먹듯이 했었다. 어떤 날은 하루에도 대여섯 차례나 이보다 더 고강한 상대들과 싸웠고, 모조리 전멸시켰으며, 그 대가로 그도 약간의 부상을 입곤 했었다.

불과 다섯 호흡쯤 지났을 때 진검룡의 의천검에 의해 불귀의 객이 된 자들은 이십여 명에 달했다.

죽은 자들은 모두 진검룡에게서 삼사 장 떨어진 곳에 널브러져 있었다.

진검룡이 다수를 상대로 싸울 때 죽인 적들을 멀리 튕겨나게 하는 이유는 주변이 깨끗해야 원활하게 싸울 수 있기 때문이다.

그를 곤란하게 만들려면 오십 명의 탈명마존 정도 돼야만 할 것이다.

월인마고수 오십 명의 합공은 그들을 모두 죽이는 데 시간이 얼마나 걸리느냐에 달렸을 뿐이다.

쿠아앗!

돌연 진검룡의 머리 위에서 다섯 명의 월인마고수가 온몸을 던져 검을 휘두르며 공격해 왔다.

그와 동시에 전면과 좌우에서 이십오 명이 지금까지보다 배 이상 위맹한 합공을 퍼부어왔다.

이들도 바보가 아닌 이상 이대로 가다가는 자신들이 몰살할 것이라는 사실을 예상했다. 그래서 사력을 다해 최후의 맹공을 퍼붓고 있는 것이다.

누구라도 죽음을 각오하면 평소에는 상상하지도 못했던 괴력을 발휘하게 된다.

지금 삼십 명의 월인마고수가 사력을 다해서 뿜어내는 합공이 그러했다.

쏴아아앙—!

한꺼번에 터져 나오는 파공음으로 인해서 석실이 당장에

라도 폭발할 것만 같았다.

삼십 자루의 검은 겹치는 곳 없이 진검룡의 전신 삼십 군데를 맹렬하게 찌르고 베어왔다.

공격 부위가 한 군데도 겹치지 않는다는 것은 그만큼 고도로 훈련이 돼 있다는 뜻이다.

스윽—

진검룡은 여태까지 석문을 등지고 있었으나 이제는 석문을 벗어나 전면에서 공격해 오는 월인마고수들을 향해 마주쳐 나가며 의천검을 떨쳤다.

그는 어떤 싸움이든, 비록 상대가 삼류무사라 할지라도 대충 상대하는 법이 없다.

이런 상황에서는 더욱 그렇다. 삼십 명의 월인마고수가 필사적으로 합공을 가하면 당연히 여태까지보다 배 이상의 위력을 발휘하게 된다.

상대가 더 강한 공격을 해오면 이쪽에서도 다르게 반격을 해야지 지금까지와 똑같은 방법으로 대처하다가는 낭패를 당할 수도 있는 것이다.

죽음이란 예고하고 찾아오는 것이 아니다. 절정고수 아니라 초절고수라고 해도 검에 급소를 찔리거나 베이면 죽을 수밖에 없는 것이고, 금강불괴지신이 아닌 이상 팔다리가 잘리고 몸통이 찔리고 베일 수밖에 없는 것이다.

그리고 절정고수와 초절고수가 당하는 경우는 실력 때문

이 아니라 방심 때문인 경우가 대부분이다.

진검룡은 그런 사실을 너무 잘 알고 있기 때문에 아무리 하찮은 상대라고 해도 최선을 다해서 상대하는 습관이 몸에 배어 있는 것이다.

남아 있는 삼십 명의 월인마고수들이 그렇듯이, 진검룡의 검법도 여태까지와 달라졌다.

그렇다고 사문의 성명검법을 펼친 것은 아니다. 다만 발도산검파를 계속 전개하되 이 성의 공력을 더 추가하여 더 빠르고 강하게 적들 속으로 파고들었다.

무슨 싸움이든 무리를 상대로 하는 싸움의 마지막은 아수라장, 아비규환으로 변하게 마련이다.

흑의경장을 입은 진검룡이 역시 흑의경장의 월인마고수들 속으로 파고들자 누가 누군지 분간이 되지 않았다.

더구나 진검룡의 움직임이 너무도 빨라서 월인마고수들이 그를 발견하고 공격을 전개했을 때에는 그는 이미 다른 곳에서 다른 월인마고수를 죽이고 있었다.

진검룡이 월인마고수들 속으로 파고들면서 그들의 마지막 필사적인 합공은 허무하게 무산되고 말았다.

휴우우.

깊은 계곡 사이를 흐르는 겨울바람 같은 검명을 흘리면서 의천검은 살아남은 월인마고수들의 미간과 목과 심장을 파고들어 혈화혼을 만들었다.

그리고 어느 순간 그의 움직임이 완전히 정지했고, 그는 석문에서 열 걸음쯤 떨어진 곳에 의천검을 늘어뜨린 채 우뚝 서 있었다.

그의 주위에는 정확하게 오십 구의 월인마고수 시체가 어지럽게 흩어져 있었다.

그가 월인마고수들을 전멸시키는 데 걸린 시각은 반 다경(半茶頃)에 불과했다.

그는 한 방울의 피도 묻지 않은 의천검을 검실에 꽂고 천천히 석문을 나섰다.

그로부터 일각 후 축시에 강무교가 이끄는 사백 명의 곤명지부 무사들이 적풍보로 들이닥쳤다.

적풍보 이백오십여 명의 수하들은 곤히 잠들어 있다가 깨워져서 무슨 영문인지도 모른 채 넓은 마당에 모였다.

그리고 곤명지부 무사들이 그들을 엄밀하게 포위한 상태에서 지켰다.

적풍보주 염인무의 거처인 적운각 일층 지하로 내려가는 입구를 경혼조원 사도풍과 증혜가 지키고 있었다.

두 사람이 지키고 있는 한 아무도 지하로 내려갈 수 없다, 설사 강무교라고 할지라도. 이것은 경혼조장 진검룡의 명령이기 때문이다.

지하 석실 안에서는 나머지 경혼조원들이 오십 구의 월인마고수 시체를 적운각 뒤쪽 후미진 곳으로 옮기고 있는 중이었다.

진검룡은 경혼조원들에게 지하 석실에 있는 시체들을 아무도 모르게 후미진 곳으로 옮겨서 태우라고 지시했지만 그들이 누군지는 말하지 않았다.

하지만 경혼조원들은 오십 구의 시체가 월인혈곡의 마고수들, 즉 월인마고수들일 것이라고 짐작했다.

그리고 진검룡이 혼자서 그들을 모두 죽였을 것이라고도 짐작할 수 있었다.

경혼조원들은 이윽고 적운각에서 멀찍이 떨어진 후미진 장소에 나뭇단을 넉넉하게 쌓고 그곳에 오십 구의 시체를 켜켜이 쌓아 올렸다.

그때까지 경혼조원들은 말을 한마디도 하지 않고 있었다. 너무 엄청난 일이라서 기가 질려 버렸기 때문이다.

월인마고수는 오십 명으로 의검문 제자들과 곤명지부 일개 분조원 사백삼십 명을 도륙한 무림의 혜소자이며 마도의 야차라고 불리는 자들이다.

경혼조원 전체가 달려들어도 월인마고수 한 명을 당해낼 자신이 없다.

그런데 단신으로 월인마고수를 한 명도 아니고 한꺼번에 오십 명을 상대해서 모조리 죽일 수 있는 인물이 천하에 존재한다는 자체가 믿어지지 않았다.

더구나 그 인물이 자신들의 조장이라는 생각을 하자 머릿속이 하얘졌다.

지금까지 진검룡이 대단한 인물이라고는 생각했으나 이 정도일 줄은 꿈에도 예상하지 못했었다.

한 사람 부상쾌를 제외하고는 경혼조원 모두들 과연 진검룡이 어떤 사람일지 새삼스럽게 궁금해졌다.

화르르… 타닥탁…….

나뭇단에 불이 붙자 잠시 후에는 쌓아놓은 오십 구의 시체까지 한꺼번에 시뻘건 불길에 휩싸였다.

더 이상 지하 통로 입구를 지킬 필요가 없는 사도풍과 증혜도 합류해서 불길을 바라보고 있었다.

그리고 최초로 침묵을 깬 사람은 낭랑이다.

"휴우… 우리 조장 인간 맞는 거야?"

다른 조원들도 똑같은 생각을 하고 있었으나 아무도 대답하지 않았다.

"나는 문득 그런 생각이 들어."

낭랑은 점점 기세 좋게 타오르는 불길을 보면서 혼잣말처럼 중얼거렸다.

"우리 조장 이름이 진검룡이잖아. 그런데 청룡검신 이름도 진검룡이고."

조원들의 시선이 일제히 자신에게 집중되자 낭랑은 두 팔을 벌려 보이면서 모두의 동의를 구했다.

"너희들은 그런 생각 안 들어? 만약 우리 조장이 절대자 청룡검신이라면 이 모든 일들을 이해할 수 있단 말이야."

사실 훈용강은 조금 전부터 그런 생각을 하고 있었다. 그리고 어쩌면 그럴 수도 있을 것이라는 가능성을 조금 열어두었었다.

그런데 낭랑까지도 그런 생각을 한다는 사실을 알게 되자 자신의 생각이 맞을 것이라고 거의 확신하게 되었다.

훈용강과 낭랑뿐만 아니라 부상쾌를 제외한 모두들 고개를 끄덕이면서 낭랑의 말에 긍정의 태도를 취했다.

그러자 갑자기 부상쾌가 차갑게 내뱉었다.

"조장님은 청룡검신이 아니다!"

그녀는 눈이 부시게 아름다운 미모를 갖게 되었으나, 오랫동안 입에 밴 거칠고 차가운 말투를 고치지는 못했다.

"조장님은 단지 경혼조장 진검룡일 뿐이다! 쓸데없는 소리 지껄이지 마라!"

모두들 부상쾌를 쳐다보며 뭔가 이상하다는 표정을 지었다. 그녀가 필요 이상으로 진검룡이 청룡검신이 아니라고 강조하기 때문이다.

조원들이 그러든지 말든지 부상쾌는 어깨에 메고 있는 도검을 건드려 보이면서 엄포를 놓았다.

"한 번만 더 쓸데없이 주둥이를 놀리는 놈은 혓바닥을 잘

라주겠다.”

 부상쾌의 실력은 원래 낭랑과 비슷한 수준이었고, 그 위로 사도풍과 증혜, 그리고 훈용강이 있었다.

 그런데 그동안 얼마나 노력을 했는지 지금은 훈용강하고 백중지세를 이룰 정도로 실력이 향상된 상태다.

 하지만 조원들이 그녀를 두려워하는 진짜 이유는 실력 때문이 아니라 그녀의 차갑고 무자비한 성격 때문이었다.

 더구나 그녀가 진검룡의 호위무사를 자처하고 나서부터는 고슴도치처럼 변해서 진검룡에 대해서 자칫 혀를 잘못 놀리다가는 경을 치고 만다.

 “상쾌 언니는 혹시 검룡 오라버니에 대해서 뭔가 알고 있는 것 아닌가요?”

 모두가 하고 싶은 말을 단은한이 순진무구한 표정을 지으며 불쑥 물었다.

 “공주님……”

 아무리 부상쾌라고 해도 단은한에게만은 무조건 한 수 양보할 수밖에 없다.

 분위기 같은 것은 아예 모르는 단은한은 부상쾌에게 다가와 그녀의 손을 잡고 빨려들 것 같은 아름다운 두 눈을 깜빡이며 재차 물었다.

 “말해봐요, 상쾌 언니. 검룡 오라버니가 청룡검신이 맞는 건가요? 네?”

부상쾌는 단은한에게서 손을 빼며 고개를 가로저었다.

"저는 모릅니다."

그렇지만 경혼조원들은 진검룡이 청룡검신일지도 모른다는 것과 부상쾌가 뭔가를 알고 있다는 심증을 굳혔다.

훈용강은 진검룡의 부름을 받고 적운각 일층의 어느 방으로 갔다.

진검룡은 바닥에 앉혀져 있는 핏빛 혈삼을 입은 중년인을 가리켰다.

"용강, 이자를 경혼각 지하 석실에 가둬라."

훈용강은 빠르게 혈삼인을 살펴보았다. 그자는 눈을 부릅뜨고 있었으며, 왼팔이 부러져서 축 늘어뜨렸으며, 오른팔은 팔꿈치까지밖에 없는데 팔꿈치가 찢어진 것처럼 너덜너덜한 모습이었다.

훈용강은 혈삼인이 월인마고수들의 우두머리일 것이라고 짐작했다.

"알겠습니다."

그는 대답하고 혈삼인, 즉 탈명마존에게 다가갔다.

그러자 움직이지 못하는 탈명마존이 눈동자만으로 힐끗 훈용강을 쳐다보았다.

"……!"

순간 훈용강은 움찔하며 걸음을 멈추었다. 아니, 걸음뿐만

이 아니라 탈명마존의 눈빛을 접하는 순간 온몸이 마비되고 눈동자가 파열되며 심장이 오그라드는 느낌을 받았다.

꿀꺽!

훈용강은 마른침을 삼키며 용기를 내려고 했으나 마치 독사 앞에 놓인 한 마리 쥐처럼 손가락 하나 까딱할 수가 없게 되었다.

훈용강은 자신을 눈빛 하나만으로 공포에 질리게 만드는 인물이 있다는 사실을 처음으로 알게 되었다. 대저 얼마나 엄청난 인물이면 눈빛만으로 그의 오금을 저리게 만든단 말인가.

그런데 그런 자를 진검룡은 양팔을 못 쓰게 만들어서 제압해 놓았으니 그의 능력은 가히 짐작조차 할 수가 없었다.

슥―

그때 진검룡이 손을 뻗어 탈명마존의 혼혈을 눌러 순식간에 잠에 빠지게 만들었다.

그제야 훈용강은 조심스럽게 탈명마존을 어깨에 메고 진검룡에게 예를 취한 다음 방을 나갔다.

적풍보 수하 이백오십여 명은 아닌 밤중에 무슨 영문인지도 모르는 채 마당으로 불려 나와 모여 서 있다가 크게 놀라고 말았다.

그들이 모여 있는 마당의 전면 돌계단 위에 적풍보주 염인무와 총관, 총당주 세 명이 줄줄이 끌려 나와 나란히 무릎이 꿇려지는 광경을 보고 있었기 때문이다.

염인무와 총관, 총당주는 모두 마혈과 아혈이 제압된 상태라서 돌계단 위에 무릎이 꿇리면서도 입도 벙긋하지 못하고 만면에 극도의 공포만 가득 떠올리고 있을 뿐이다.

염인무들 뒤쪽에는 강무교와 고명, 적설이 나란히 우뚝 서 있고, 오른쪽으로 약간 떨어진 곳에 세 명의 무사가 역시 나란히 서 있다.

이윽고 강무교는 돌계단 아래 적풍보 수하들을 굽어보면서 엄숙한 표정으로 입을 열었다.

"나는 천의맹 곤명지부주 강무교다!"

강무교는 곤명지부주에 임명된 이후 거의 바깥출입을 하지 않았으므로 그의 얼굴을 아는 사람은 극히 드물었다.

그의 목소리가 조금 더 크고 웅혼해졌다.

"적풍보주 염인무와 총관, 총당주는 마의 세력과 결탁하여 곤명성과 운남성을 팔아넘기려고 획책했으며, 실제로 의검문을 멸문시키는 데 한몫했다! 또한 그것으로도 모자라서 천의맹 곤명지부마저 짓밟으려고 했다!"

적풍보 수하들은 대경실색해서 믿을 수 없다는 표정을 지으며 웅성거렸다.

강무교는 염인무의 입으로 직접 실토하게 하려고 그의 아혈을 풀려고 시도했으나 뜻대로 되지 않았다. 진검룡의 점혈 수법이기 때문이다.

오히려 혈도를 잘못 눌렀는지 염인무는 고통스러운 표정을 지으며 온몸을 부들부들 떨고 눈을 찢어질 듯 부릅떴으며 입에서 침을 질질 흘렸다.

결국 강무교는 저만치 돌계단 끝에 서 있는 진검룡을 불러야만 했다.

"진 조장."

진검룡이 다가와 염인무의 턱과 목, 두 군데 혈도를 눌러 아혈을 풀어주고 뒤로 물러났다.

그러자 염인무가 갑자기 미친 듯이 울부짖었다.

"경혼조장님, 잘못했습니다! 죽을죄를 졌습니다! 제발 목숨만 살려주십시오!"

그의 처절한 울부짖음은 자신의 죄를 인정하는 것이나 다름이 없었다.

적풍보 수하들은 크게 놀라는 동시에 착잡한 표정을 지었다.

강무교는 염인무 뒤에 서서 쩌렁한 목소리로 물었다.

"염인무! 악의 세력이 의검문을 멸문시키도록 도왔느냐?"

강무교는 혈마련을 악의 세력이라고 바꿔서 물었다. 만약 적풍보 수하들과 그들을 포위하고 있는 곤명지부 무사들이 '혈마련' 이라는 말을 듣게 된다면 걷잡을 수 없는 대혼란이 벌어지고 말 것이기 때문이다.

"도왔습니다! 제가 잘못했습니다! 으흐흑……!"

염인무는 마혈이 제압된 상태라서 움직이지는 못하고 닭똥 같은 눈물을 흘리며 소리쳤다.

그는 눈알을 굴리면서 진검룡을 쳐다보려고 애쓰며 발악하듯이 울부짖었다.

"경혼조장님! 제발 용서해 주십시오! 크흐흑! 잘못했습니다, 경혼조장님―!"

그는 강무교가 뒤에 서 있는데도 진검룡에게 용서를 빌고 애걸했다. 진검룡이 자신의 목숨 줄을 잡고 있다고 생각하기 때문이다.

진검룡이 어떻게 탈명마존을 제압했는지 똑똑히 본 사람이라면 그렇게 생각할 수밖에 없을 것이다.

강무교는 염인무의 아혈을 제압하고 돌계단 아래를 굽어보며 우렁차게 외쳤다.

"여기에 있는 이 세 사람의 목을 베어 일벌백계(一罰百戒)로 삼을 것이다!"

염인무와 총관, 총당주는 눈을 찢어질 듯이 부릅뜨고 눈물을 비 오듯이 흘렸다.

강무교가 손짓을 하자 한쪽에 서 있던 세 명의 무사가 일렬로 성큼성큼 걸어오는데, 그들의 손에는 날이 시퍼런 도가 쥐어져 있었다.

세 명의 무사는 염인무와 총관, 총당주 뒤에 우뚝 서서 도를 높이 치켜들었다.

적풍보 수하들은 착잡하기 이를 데 없는 표정으로 돌계단 위의 염인무 등을 지켜보고 있었지만 아무도 나서지 않았다.

"집행하라!"

강무교가 우렁차게 외치자 세 무사의 도가 급전직하 그어지며 염인무 등의 목이 단칼에 뎅겅 잘려졌다.

세 개의 머리통이 바닥에 떨어지고, 머리가 잘라진 목에서 분수처럼 새빨간 핏물이 솟구쳤다.

第五十五章

호위무사

大中原

　곤명지부에 의해서 적풍보는 해체되고 이백오십여 명의 수하들은 각자 살길을 찾아서 뿔뿔이 떠났다.

　그들은 곤명성에 있는 여러 방, 문파들을 찾아가서 몸을 의탁하려고 했으나 아무도 받아주지 않았다.

　의검문 멸문 사건은 칠 일 만에 해결되었다.

　구체적인 내용에 대해서는 외부에 알려진 것이 없으나, 경혼조장인 경혼협객과 경혼조가 이번에도 큰 활약을 해서 의검문 멸문 사건을 깨끗이 해결했다는 소문이 성내에 파다하게 나돌았다.

　곤명성은 칠 일 동안 두 개의 방, 문파를 잃었다. 의검문은

멸문했고, 적풍보는 해체됐다. 어쨌든 그것은 곤명성의 큰 손
실이었다.

*　　　*　　　*

경혼조원들은 경혼각 수련실에서 거의 광적으로 무술 수
련에 열중하고 있었다.

의검문 멸문 사건은 진검룡 혼자 해결했다. 경혼조원들은
뒤처리 정도만 했을 뿐이다.

경혼조원들은 무슨 일이든지 조장 진검룡과 함께 행동하
고 싶어한다.

하지만 그러기에는 자신들의 실력이 턱없이 부족하다는
사실을 너무도 잘 알고 있었다.

더구나 진검룡이 청룡검신일지 모른다는 추측이 무성해지
자 자신들이 더욱 강해져야겠다는 각오를 새롭게 다졌다.

그래서 밥 먹는 시간과 잠자는 시간마저도 아까워하며 미
친 듯이 무술 수련을 하고 있는 것이다.

진검룡은 강무교의 집무실인 검우각으로 가면서 무악과
미미에게 단은한을 맡겼다. 두 사람이 단은한에게 무술을 가
르치라는 것이다.

그러면서 한마디를 남겼다.

"가르치는 것은 두 번 배우는 것이다."

강무교와 고명, 적설은 검우각 사층 꼭대기 층에서 진검룡을 기다리고 있었다.

진검룡이 의검문 멸문 사건을 깨끗이 해결했지만, 그것이 끝이 아니라는 사실을 짐작하고 있었기 때문에 그에게 조언을 구하려는 것이다.

아니, 강무교 등은 이제부터 어떻게 해야 할지 눈앞이 캄캄해서 아무것도 생각나지 않았다.

혈마련의 천하무림 일통이라니, 꿈에서조차 꾸어본 적이 없는 엄청난 일이 이들 앞에 직면해 있는 것이다.

척!

그때 부상쾌가 열어주는 문으로 진검룡이 소회의장 안으로 들어섰다.

실내 한가운데에는 팔각형의 커다란 탁자가 놓여 있고, 입구의 맞은편에 강무교가 앉아 있으며, 양쪽에 고명과 적설이 서 있었다.

그런데 진검룡이 들어서자 강무교는 자신도 모르게 의자에서 벌떡 일어섰다.

일개 조장이 들어오는데 지부주가 일어선다는 것은 말이 되지 않는 일이다.

하지만 강무교가 일어서는 것을 고명이나 적설은 조금도 이상하게 생각하지 않았다. 두 사람은 서 있었지만 자신들도 모르게 몸이 뻣뻣하게 경직되었다.

진검룡은 성큼성큼 곧장 걸어 들어와서 강무교 맞은편에 멈춰 섰다.

"부르셨소?"

진검룡이 예의 무심한 얼굴로 조용히 묻자 강무교는 고개를 끄덕이며 의자를 가리켰다.

"앉으시오."

그의 말투가 변했다. 진검룡이 의검문 멸문 사건을 해결하기 전까지만 해도 그에게 하대를 했었다.

하지만 강무교는 상황에 따라서 태도를 바꾸는 표리부동한 인물이 아니다.

단지 그는 상대가 대단한 인물이라면 거기에 맞춰서 예의를 갖춰야 한다고 생각했다.

진검룡이 앉자 강무교도 맞은편에 앉았고, 고명과 적설도 좌우에 앉았으며, 부상쾌는 진검룡 뒤에 우뚝 섰다.

강무교는 할 말이 너무 많았다. 진검룡이 적풍보에 월인마고수들이 숨어 있는지 어떻게 알아냈느냐는 것도 궁금하고, 그들을 다 어떻게 했는지도 궁금했다.

어쨌든 진검룡이 월인마고수 모두를 깨끗이 처리한 것은 분명한 것 같았다.

그랬기에 적풍보주 염인무 등을 처형하고 적풍보를 해체하는 것으로 의검문 멸문 사건을 일단락 지을 수 있었으니까 말이다.

또한 강무교는 이것으로써 곤명성과 운남성이 혈마련의 마수에서 벗어난 것인지, 그게 아니면 이제부터 어떻게 대처해야 하는지 하나도 모르기 때문에 그것도 진검룡에게 묻고 싶었다.

진검룡이라면 다 알고 있으며 대처 방법까지 가르쳐 줄 수 있을 것이라고 믿었다.

아니, 그가 이번 의검문 멸문 사건처럼 직접 나서서 어떠한 위험이라도 막아줄 것이라고 믿었다.

그리고 가장 궁금한 것은 진검룡의 정체였다. 그는 도대체 누구기에 모르는 것이 없으며, 무슨 일이든 다 척척 해결하는 것이란 말인가.

하지만 강무교는 이 자리에서만큼은 진검룡의 정체에 대해서 묻지 않기로 마음먹었다.

자칫 그랬다가 그의 심기를 건드려서 일을 그르칠 수도 있기 때문이다.

강무교를 비롯한 고명과 적설의 얼굴에는 극도의 긴장감이 팽팽하게 떠올라 있었다.

"진 조장, 혈마련이 또다시 곤명성을 도발할 것 같소?"

강무교는 수많은 질문 중에서 가장 시급하고 궁금한 것을 먼저 물었다. 얼마나 긴장하고 있는지 그의 목소리가 쩍쩍 갈라졌다.

진검룡은 언제나처럼 흐트러짐없이 꼿꼿한 자세에 무심한 표정으로 입을 열었다.

"내 생각에 혈마련은 동시다발적으로 천하대계를 시작한 것 같소."

"동시다발적이라면……."

강무교와 고명, 적설은 온몸이 오그라드는 것을 느꼈다.

"혈마련이 이곳 곤명성을 장악하려고 시도했던 것에 비추어봤을 때, 내가 만약 혈마련주 무혈황이라면 운남성과 사천성, 귀주성을 동시에, 그리고 비밀리에 장악하려고 시도할 것이오."

우물 안 개구리나 다름없는 강무교와 고명, 적설은 진검룡의 말뜻을 추호도 알아듣지 못했다.

더구나 진검룡의 입에서 혈마련주 '무혈황' 이라는 이름이 나오자 움찔 몸을 떨었다.

입안이 소태처럼 쓰고 갈라진 논바닥처럼 입안이 마른 강무교가 버적버적한 목소리로 물었다.

"어째서 그렇소?"

천의맹의 실질적인 절대자였던 진검룡에게는 천하무림의 정세가 손바닥의 손금처럼 환하게 보이지만, 강무교 등은 곤명성의 정세조차도 제대로 파악할 능력이 없었다.

그 이유는 첫째가 경험 부족이고, 둘째는 진검룡보다 두뇌가 뛰어나지 못하기 때문이다.

진검룡은 거침없이 대답했다.

"혈마련이 곤명성을 선택한 이유는, 이번 천하무림 일통을 변방에서부터 시작하여 점차 중원무림으로 확대해 나가려는 의도인 것 같소."

진검룡은 과묵한 성격이지만 지금 상황에서는 말을 하지 않을 수가 없다. 그가 입을 다물고 있으면 강무교 등은 아무것도 깨닫지 못할 것이고, 그래선 아무런 대처도 하지 못할 것이기 때문이다.

"하지만 혈마련으로서는 곤명성 하나만 장악해서는 별 실효가 없소. 최소한 주변의 이 개 성, 즉 사천성과 귀주성을 동시에 장악해야지만 소기의 목적을 거둘 수가 있소."

"어째서 운남성과 이웃하고 있는 사천성과 귀주성을 선택한 것이오?"

강무교로서는 모든 것이 궁금했다.

"혈마련의 세력을 집중시킬 수 있기 때문이오."

"아……."

강무교 등 세 사람은 혈마련이 운남성과 사천성, 귀주성을 동시에 장악하려고 하는 이유를 깨닫고 부지중에 고개를 끄덕였다.

만약 혈마련이 장악하려는 지역들이 서로 멀리 떨어진 곳에 위치해 있다면 혈마련의 세력이 분산되기 때문에 능률이 저하될 수밖에 없다.

반면에 한곳에 밀집해 있으면 유사시에는 세 곳에 보낸 세력들이 서로 협력할 수 있기 때문에 상승효과를 볼 수가 있는 것이다.

강무교의 얼굴에 궁금하다는 표정이 역력하게 떠올랐다.

"그런데 혈마련이 변방이라고 할 수 있는 운남성을 비롯한 세 개 성을 장악하려는 의도가 무엇이오? 천하무림을 일통하려면 천의맹 낙양총부나 사황벌 항주총벌(杭州總閥)을 공격해야 하는 것 아니오?"

이 질문은 변방 분타주에게는 어울리는 질문이다. 하지만 지부주쯤 되면 그 이유를 알고 있어야 한다.

그러나 진검룡의 얼굴에는 비웃음이나 그 외의 다른 표정이 떠오르지 않았다.

"첫째, 그렇게 하는 것은 가장 우매한 방법이기 때문이오. 혈마련이 아무리 강해도 천의맹과 사황벌을 동시에 적으로 삼아서 이길 수는 없소."

"아… 그… 렇군요."

적설이 자신도 모르게 크게 고개를 끄덕이며 탄성을 삼켰다.

"둘째, 혈마련의 지금 같은 시도는 그동안 혈마련이 가장 많이 사용했던 고전적인 방법으로 차도살인지계(借刀殺人之計)라고 할 수 있소."

"차도살인지계……."

강무교 등은 그 말뜻을 알아듣고는 얼굴이 하얗게 질렸다.

혈마련의 차도살인지계란, 즉 운남성과 사천성, 귀주성을 장악한 후 그곳의 수천 개 방, 문파들로부터 고수, 무사들을 대거 강제 모집하여 그들로 하여금 대신 전쟁을 치르게 한다는 뜻이다.

"셋째."

진검룡이 입을 떼자 강무교 등은 움찔했다. 그들의 표정은 '셋째도 있단 말인가?' 라고 말하고 있었다.

"아마도 혈마련은 장기전(長期戰)으로 가려고 계획하는 것 같소."

"장기전이라면……."

"운남성과 사천성, 귀주성을 장악한 후 세 개 성을 자신들의 점령지로 삼는 것이오. 이후 이곳에 공을 들여서 차츰 마계화(魔界化)시키는 한편 조금씩 세력을 넓혀 나갈 것 같소."

"……."

이 대목에서 강무교 등은 망연자실한 표정을 지으며 아무 말도 하지 못했다.

진검룡의 말인즉, 혈마련은 운남성과 사천성, 귀주성을 장악하여 이곳에 아예 뿌리를 내려 마계로 만들겠다는 것이다.

지금까지 천의맹과 사황벌은 자신들의 세력권이라는 것이 있었지만 혈마련은 없었다.

그들은 어둠 속에서 존재하지 않는 듯 존재해 왔었다. 그것이 바로 마계였다.

그런데 혈마련이 처음으로 눈에 보이는 자신들의 세력권을 형성하려 한다는 것이다.

"셋째는 내 추측이오. 그렇게 되지 않기를 바라지만 그럴 가능성이 크오."

거기까지 말하고 진검룡은 입을 다물었다.

그런데 셋째가 그의 추측이라면, 첫째와 둘째는 확실하다는 뜻이다.

그때부터 한동안 실내에 침묵이 흘렀다. 강무교 등은 진검룡이 말한 내용들을 숙지하는 한편 어떻게 하면 좋을지를 궁리했고, 진검룡은 그들이 다음 질문을 만들어낼 때까지 기다려 주었다.

진검룡은 이미 생각을 굳혔다. 그는 자신이 천의맹 낙양총부에서 청룡검대주로 있으나, 이곳에서 일개 조장으로 있으나 정의를 수호해야 한다는 신념에는 변함이 없다고 믿는다.

그런데 우연찮게도 혈마련이 이곳 곤명성에서부터 천하대계를 개시했다.

그러므로 진검룡은 그것을 당연히 자신이 막아야 한다고 생각하고 있었다.

단, 강무교가 전적으로 돕는다는 전제하에서 가능한 일이다. 진검룡이 제아무리 놀라운 능력을 지니고 있어도 혼자서 혈마련을 막는 것은 불가능한 일이었다.

일각쯤 지난 후에 강무교가 조심스럽게 진검룡을 쳐다보며 물었다.

"진 조장, 앞으로도 계속 곤명지부에 있어줄 것이지요?"

"그렇소."

강무교 등은 줄곧 그것을 걱정하고 있었는데 진검룡의 대답을 듣자 표정이 한결 밝아졌다.

강무교의 표정이 더욱 조심스러워졌다.

"진 조장이 곤명지부주를 맡을 생각은 여전히 없는 것이오?"

그 말에 적설은 가슴이 철렁했다. 진검룡이 그런 말을 무척 싫어한다는 사실을 알고 있기 때문이다.

그런데 진검룡은 가만히 있는데 뒤에 서 있는 부상쾌가 아미를 치켜뜨며 발끈했다.

"주군께서 계속 곤명지부에 계신다는데 어째서 그따위 허접한 지위를 맡으라는 것이냐?"

강무교 등 세 사람의 얼굴에 놀라움이 떠올랐다. 부상쾌가 지부주를 '허접한 지위'라고 형편없이 폄하했기 때문이고, 일개 조원이 거침없이 반말을 하면서 기세가 너무 거셌기 때문이며, 그녀가 진검룡을 '주군'이라고 칭했기 때문이다.

그러나 부상쾌는 그것으로도 기분이 풀리지 않는지 한풍이 몰아치듯 쏘아붙였다.

"지금부터 주군의 심기를 건드리는 자는 용서하지 않겠다!"

진검룡이 청룡검신인 것을 알고 있는 그녀는 강무교의 말에 지독한 모멸감과 분노를 느꼈다.

이즈음의 그녀는 자신이 진검룡하고 일심동체(一心同體)라고 여기고 있었다. 그러므로 그를 능욕하는 것은 곧 자신을 능욕하는 것이라고 생각했다.

아니, 자신이 당하는 것보다 진검룡이 당하는 것을 더욱 견디지 못했다.

"상쾌야."

"죄송합니다."

진검룡이 나직이 꾸짖자 부상쾌는 공손히 허리를 굽혔다.

툭.

그러다가 이마가 진검룡의 한쪽 어깨에 닿자 그녀는 움찔 놀랐다가 허리를 펴고는 슬며시 반걸음 더 진검룡의 뒤쪽으로 다가섰다.

슥.

그녀의 허벅지를 비롯한 하체와 배, 가슴이 진검룡의 등허리와 등 윗부분에 닿았다. 그가 워낙 키가 커서 그녀의 풍만한 젖가슴까지 그의 등에 닿았다.

순간 부상쾌는 정수리가 번갯불에 관통된 듯 찌릿한 느낌이 들면서 몸이 후끈 달았다.

그녀는 자신의 젖가슴이 살짝 찌그러지고, 특히 은밀한 부위가 진검룡의 등허리에 지그시 닿아 있는 것이 마치 그의 발기한 음경이 옥문으로 거칠게 진입한 듯한 굉장한 절정감을 맛보았다.

비로소 그녀는 자신이 정말로 진검룡하고 일심동체가 된 기분에 사로잡혔다.

"지부주."

"말씀하시오."

진검룡의 조용한 부름에 강무교와 고명, 적설은 긴장한 표정을 지었다.

"사천성과 귀주성이 암중으로 혈마련의 공격을 받고 있다면 그쪽 도움을 기대할 수 없소. 운남성은 우리 힘으로 지켜야만 한다는 뜻이오."

세 사람의 얼굴이 착잡하게 변했다. 사실 강무교는 지역적으로 가까운 사천성과 귀주성 천의맹 지부에 도움을 청할 생각을 하고 있었다.

"강남지총부에 도움을 청하는 것도 방법이긴 하지만 두 가지 문제가 있소."

역시 강남지총부에 구원을 요청할 생각을 하고 있었던 강무교는 즉시 물었다.

"무엇이오?"

"그들이 이곳까지 오는 도중에 습격을 당할 수가 있소."

"습격이라니… 무슨?"

"내가 혈마련 사람이라면 이곳을 도우러 달려오는 강남지총부 고수들 같은 좋은 먹잇감을 결코 놓치지 않을 것이오.”

“음! 그렇군요.”

진검룡의 말은 충분히 일리가 있었다. 아니, 강무교가 혈마련 사람이라고 해도 당연히 그렇게 할 것이다.

결국 이곳은 철저히 고립됐다. 곤명지부 혼자서 곤명성과 운남성을 지켜내야만 한다는 얘기다.

강무교는 절망적이다 못해서 거의 울 것 같은 표정을 지으면서 진검룡을 바라보았다.

“진 조장, 이제 어떻게 하면 좋겠소?”

진검룡은 잠시 생각하다가 차분하게 말했다.

“이렇게 해봅시다.”

진검룡은 미구에 닥칠 혈마련의 재공격에 대비해서 강무교에게 몇 가지 방법을 제시했다.

강무교는 진검룡이 제시한 방법들을 모두 전적으로 수용해서 다음날부터 실행에 옮겼다.

다음날부터 곤명지부는 강무교 이하 천여 명의 전 수하들이 눈코 뜰 새 없이 바쁘게 움직였다.

그러나 곤명지부 내에서 전혀 바쁘지 않은 사람들이 있었다.

바로 일별조 경혼조원들이다.

그들은 밖에서 무슨 일이 벌어지는지도 모른 채 하루 종일 수련실에서 구슬땀을 흘리며 무술 수련에만 빠져 있었다.

경혼각 일층 수련실에 경혼조원들이 모여 있다.

진검룡과 주소영이 나란히 서 있고, 그 앞에 경혼조원 열네 명이 일렬로 늘어서 있다.

주소영이 카랑카랑한 쇳소리로 입을 열었다.

"지금부터 호명하는 사람은 앞으로 한 걸음 나와라!"

이어서 그녀는 무악, 훈용강, 와평, 장관웅, 동풍, 조제, 고선, 주록, 사도풍, 증혜의 이름을 차례로 호명했다.

도합 열 명이 한 걸음 앞으로 나서자 주소영은 두 손을 허리에 얹고 그들을 쓸어보면서 말했다.

"너희들은 내일부터 곤명지부 십룡당(十龍堂)을 하나씩 맡아서 그들에게 발도산검파를 가르친다."

"에에?"

"우리가 무술을 가르친다고?"

"마, 말도 안 돼!"

주소영의 말이 끝나자 열 명의 조원은 크게 놀라며 어이없다는 표정을 지었다.

경혼조원들이 예전에 비해서 몰라볼 정도로 강해진 것은 사실이지만 누굴 가르칠 수준은 아니었다. 그래서 놀라고 반발하는 것이다.

쿵!

“입 다물어라!”

주소영은 작은 발을 구르면서 카랑카랑하게 외쳤다.

그녀는 키가 크고 호리호리한 체구의 진검룡 옆에 서 있었기 때문에 자그마한 체구가 여실히 비교됐다.

그녀의 머리꼭대기 정수리는 진검룡의 어깨에도 이르지 않아 가슴께에 닿는 정도다.

그리고 어깨가 좁고 여린 체구라서 몸통이 진검룡의 절반밖에 안 되는 듯했다.

그녀가 보통 여자들보다 약간 작은 체구이긴 하지만, 진검룡이 워낙 커서 마치 아버지와 어린 딸처럼 보였다.

그런 주소영이 두 손을 허리에 얹고 발을 구르면서 서슬이 퍼런 표정을 짓자 무섭기는커녕 매우 귀여웠다.

하지만 그녀의 성깔을 잘 알고 있는 조원들은 아무도 그녀를 귀엽다고 생각하지 않았다.

세상천지에서 그녀를 귀엽게 여기는 사람은 아마도 진검룡뿐일 것이다.

“너희들에게 누굴 가르칠 자격이 있고 없고를 떠나서, 너희들은 단지 그들에게 발도산검파가 어떤 것인지 가르치기만 하면 된다!”

방금까지 말도 안 된다고 떠들던 조원들의 얼굴에 진지함이 떠올랐다.

“너희들의 임무는 곤명지부 전 수하들에게 완벽한 발도산검파를 가르치는 것이다! 알았느냐?”

“넵!”

조원들은 일제히 큰 소리로 대답했다.

주소영이 말하는 것은 진검룡의 뜻이다. 그녀는 부조장으로서 조장의 뜻을 전하는 것뿐이다.

그녀는 이번에는 남아 있는 세 사람 중에서 미미와 단은한을 쳐다보며 말했다.

“미미는 공주님을 가르쳐라.”

무악과 미미는 어제 하루 동안 단은한에게 발도산검파를 가르치느라 구슬땀을 흘렸었다.

무술의 ‘무’ 자도 모르는 단은한에게 발도산검파를 가르치는 일은 무지렁이에게 공자를 가르치는 것보다 어려웠다.

더구나 하늘 같은 신분인 단은한이라서 함부로 말하거나 행동할 수도 없기에 고생이 가중되었다.

그래서 주소영의 말을 듣는 순간 미미는 눈앞이 캄캄해지는 것을 느끼면서 무의식중에 진검룡을 바라보았다.

진검룡은 조원 모두에게 말했다.

“모두들 지금부터 은한의 이름을 불러라.”

그 말에 조원들 모두 깜짝 놀라는 표정인 반면에 단은한은 두 손을 모으고 눈을 빛내면서 애원하듯 말했다.

“제발… 꼭 그래 주세요. 나는 공주가 아니라 경혼조원이 되고 싶어요. 누가 내 이름을 불러주세요.”

그러나 조원들은 곤란하다는 표정을 지을 뿐 선뜻 나서는 사람이 없었다.

"몇 살이지?"

그때 주소영이 단은한에게 불쑥 물었다.

단은한은 처음 듣는 반말에 더없이 기쁜 표정을 지으며 얼른 대답했다.

"열일곱 살이에요."

주소영은 용기를 내기 위해서 뒷짐을 지고 있는 진검룡의 손을 꼭 잡고 있었지만, 두 사람이 붙어 있어서 아무도 보지 못했다.

"그렇다면 무악과 미미하고 동갑이고 경혼조의 막내야. 은한 너는 지금부터 무악과 미미하고는 친구가 되고 다른 조원들에게는 오빠와 언니라고 불러라."

"네!"

단은한은 힘차게 대답하고는 조원들을 일일이 찾아다니면서 '오빠', '언니'라 노래하듯이 외치고는 무악과 미미의 손을 잡고 팔짝팔짝 뛰면서 기뻐했다.

주소영은 아무도 모르게 진검룡의 손을 놓으면서 그를 보며 방긋 웃으면서 혀를 낼름 내밀어 보였다.

주소영은 이윽고 마지막 혼자 남은 부상쾌를 쳐다보았다.

"상쾌, 너는 조장님을 호위해라."

순간 부상쾌의 얼굴과 눈빛이 미미하게 흔들렸다.

사실 진검룡은 곤명지부 십룡당 천여 명에게 발도산검파를 가르칠 조원 열 명을 선발하라고 주소영에게 지시했지만 누굴 선발하라고 지목하지는 않았었다.

그러므로 그들 열 명을 선발하는 것이나 단은한에게 무술을 가르칠 사람을 뽑는 것, 그리고 진검룡을 호위할 사람을 고르는 것은 순전히 주소영의 재량에 달렸었다.

"이상! 해산!"

주소영이 외치자 조원들은 진검룡에게 깊이 허리를 굽혀 예를 취한 후에 우르르 흩어졌다.

진검룡이 수련실 입구로 향하자 부상쾌가 빠르게 그를 따라갔다.

그러다가 주소영 옆을 지나칠 때 한쪽 팔로 그녀의 작은 어깨를 가만히 감싸며 속삭였다.

"고맙다."

"……."

주소영은 그 자리에서 굳어버렸다. 부상쾌가 그녀의 어깨를 감쌀 줄은, 그리고 고맙다는 말까지 할 줄은 예상하지 못했기에 적잖은 충격을 받은 것이다.

기묘한 찌릿함이 가슴골로 솟구치더니 뒷골을 저리게 만들었다. 이런 것이 무슨 기분인지는 모르겠지만 나쁜 느낌은 아니었다.

아니, 처음 감기가 찾아올 때처럼 몸과 정신이 노곤해지면서 입가에 배시시 미소가 감돌았다.

　그러나 그녀는 짐짓 엄한 표정을 지으면서 문을 나가고 있는 부상쾌를 노려보았다.

　"저게 부조장한테 까불고 있어?"

第五十六章

곤명총부(昆明總部)

大中原

경혼조원들이 곤명지부 열 개 당, 즉 십룡당 무사들에게 발도산검파를 가르치기 시작한 지 이십여 일이 지났다.

십룡당 무사들은 발도산검파만 배우고 있는 것이 아니었다. 그들 중의 절반은 강무교와 고명, 적설의 명령으로 곤명성 내와 운남성 전역을 돌아다니다가 돌아오곤 했다.

십룡당 무사들 절반이 강무교와 고명, 적설의 명령을 수행하고 있는 동안에 다른 절반은 경혼조원 열 명에게 발도산검파를 배웠다.

그리고는 며칠 동안 발도산검파를 배운 무사들이 임무를 수행하러 떠나면, 임무를 마치고 돌아온 무사들이 다시 발도산검파를 배우는 형식이다.

그렇지만 곤명지부 무사들은 필사적으로 발도산검파를 배우고 있었다.

쉬이이―

쇳소리가 섞인 희미한 파공음이 허공을 울렸다.

따따딱!

뒤를 이어 뭔가에 적중하는 경쾌한 음향이 수련실 안에 울려 퍼졌다.

"이번에는 감이 좋아요!"

주소영은 빠르게 말하면서 앞으로 달려갔다.

그녀는 삼 장쯤 달려나가다 수련실을 절반 정도 가로막아 놓은 커다란 널빤지 옆을 지나쳐 뒤로 돌아갔다.

"꺄악! 성공이에요!"

뒤이어 널빤지 뒤에서 그녀의 탄성이 터져 나왔다.

"세 개 모두 성공이에요! 조장님, 와서 보세요!"

얼마나 기쁜지 그녀는 손뼉을 치면서 팔짝팔짝 뛰며 어린 아이처럼 기뻐했다.

"잘했다."

주소영의 옆으로 다가간 진검룡이 빙그레 미소 지으면서 그녀의 머리를 쓰다듬었다.

"헤헤헤… 상으로 뽀뽀해 주세요."

주소영은 두 손을 뒷짐 지고 상체를 내밀며 입을 뾰족하게 만들면서 눈을 감았다.

하지만 잠시가 지나도 아무 반응이 없자 그녀는 살며시 눈을 떴다가 실망스런 표정을 지었다.

진검룡은 그곳에 이미 없었다. 하긴 그가 주소영에게 입을 맞춰줄 리가 없었다.

주소영은 그곳에 띄엄띄엄 서 있는 사람 형태의 목인(木人) 다섯 개 중에서 세 개의 머리와 가슴, 배 부위에 꽂혀 있는 세 개의 암기를 쳐다보았다.

지난 이십여 일 동안 진검룡은 주소영에게 새로운 암기술을 가르쳤다.

물론 암기도 새로운 것이다. 그것은 먹처럼 검은색에 어린 아이 손바닥 정도의 크기며 둥근 형태인데, 헝겊 서너 겹을 포갠 것처럼 얇고 납작했다.

또한 둘레에 다섯 개의 삐죽삐죽한 돌기가 손가락 한 마디 길이로 튀어나왔으며, 끝은 뾰족하고 칼날보다 더 예리하게 벼려져 있었다.

그리고 복판에 엄지손톱 크기의 구멍이 하나 뚫려 있어서 발출하면 기이한 파공음을 내며 날아간다.

진검룡은 이 새로운 암기의 이름이 섬전표(閃電飄)라고 했다. 생긴 형태나 날아가는 모습, 표적에 꽂힐 때의 파괴력에 걸맞은 이름이다.

그는 또 섬전표를 사용하면 여러 종류의 암기를 쓸 필요가
없다고 말했다.

주소영이 이십 일 동안 섬전표를 연습해 보니까 과연 그의
말이 맞았다.

섬전표에 비하면 지금까지 주소영이 갖고 있던 여러 종류
의 암기들은 어린아이 장난감이나 쓰레기 같았다.

그녀가 갖고 있던 암기들은 살상용으로써는 파괴력이 너
무 약했다.

그것들로는 적을 죽이기보다는 작은 상처를 입히는 것이
고작이었다.

그런데 섬전표는 파괴력이 실로 엄청났다. 일단 발출하면
맹렬하게 회전하면서 빛처럼 빠르게 날아가 표적에 적중되는
데, 그냥 꽂히는 것이 아니라 회전력 때문에 표적을 아예 너
덜너덜하게 만들면서 파고들었다.

표적이 단단하기 이를 데 없는 단목(檀木:박달나무)으로 만
든 목인이기 때문에 섬전표가 관통하지 못하는 것뿐이지, 만
약 표적이 사람이라면 능히 살과 뼈를 관통하고도 남을 정도
의 파괴력을 지녔다.

섬전표의 다섯 개의 돌기 끝이 뾰족하고 매우 예리하기 때
문에, 더구나 맹렬하게 회전하는 탓에 가능한 일이다.

그뿐 아니라 섬전표의 또 하나의 특징은 어떻게 발출하느
냐에 따라서 상하좌우 아무 방향이나 크게 휘어서 날아가기

도 하고, 강한 힘으로 발출하면 표적을 관통한 후에 제자리로 되돌아오게 할 수도 있다는 것이다.

그것은 곧 표적이 엄폐물 뒤에 있다고 해도 섬전표의 공격에서 벗어날 수 없다는 뜻이다.

주소영은 첫날부터 섬전표가 휘어지도록 발출하는 연습을 해왔다.

그래서 실내의 절반을 가리는 커다란 널빤지 뒤에 다섯 개의 목인을 세운 것이다. 즉, 삼 장 떨어진 곳에서 섬전표를 발출하여 널빤지 옆으로 휘돌아 뒤쪽에 있는 목인을 적중시키는 수련 방법이다.

처음에는 섬전표를 휘어지게 날리는 것조차 하지 못해서 쩔쩔맸다.

그렇지만 섬전표의 돌기에 손가락을 대고 복판의 구멍을 잘 이용해서 던지는 동시에 손목을 비틀면서 힘을 가하니까 그제야 조금 휘어졌다.

다만 제멋대로 휘어져서 날아가기 때문에 그것을 마음먹은 대로 제어하는 것이 문제였다.

섬전표를 하루에 무려 삼천 번 이상 던져서 널빤지에 꽂기를 열흘 동안 반복해서야 간신히 널빤지 좌우로 휘돌아 목인에 도달할 수 있게 되었다.

그러나 그게 끝이 아니었다. 널빤지 뒤에 무질서하게 놓여 있는 다섯 개의 목인 위치를 눈으로 익혀두었다가 제자리로 와서 섬전표를 발출하여 맞혀야 하는 것이 남았다.

그렇게 다시 열흘 동안 양손의 손가락들이 다 터지고 베어지도록 연습해서야 방금 전에 섬전표 세 개를 한꺼번에 발출하여 목인 세 개에 적중시키는 단계까지 도달한 것이다.

하지만 이것 역시 천 리 길을 가는데 겨우 십 리를 왔을 뿐이다.

앞으로는 더욱 정확하게 목인의 급소를 적중시키는 것과 네 개, 다섯 개 점점 섬전표의 수를 늘려서 한꺼번에 더 많이 발출하는 난관이 남아 있었다.

주소영은 세 개의 섬전표가 세 개의 목인 얼굴 관자놀이 부위와 어깨에 가까운 가슴, 그리고 옆구리 어림에 정통으로 꽂히지 않고 엇비슷하게 꽂힌 것을 보고 심드렁한 표정을 지었다.

"이십 일 만에 이 정도면 훌륭한데 상으로 뽀뽀 한 번 해주지. 정말 짠 조장님이란 말이야."

그녀는 너덜너덜 상처투성이 손으로 목인에 꽂힌 섬전표를 뽑은 후 널빤지를 돌아 나오며 종알거렸다.

"이번에는 급소에 정확하게 명중시킬 테니까 상으로 꼭 뽀뽀를 해주셔야……."

그런데 그녀의 걸음이 뚝 멈춰지고 얼굴에는 멍한 표정이 떠올랐다.

진검룡이 수련실을 나가고 없는 것을 알게 된 것이다.

그녀는 문을 쳐다보면서 눈을 하얗게 흘기며 입술을 삐죽
거렸다.

"아유! 정말 미워 죽겠어!"

이어서 몸을 빙글 반 회전시키며 손에 들고 있던 세 개의
섬전표를 신경질적으로 힘껏 뿌렸다.

쉬리리링!

따따딱!

세 개의 섬전표가 세 개의 흐릿한 검은 띠를 남기면서 쏘아
나가 널빤지 앞에서 낫처럼 완전히 꺾이더니 경쾌한 음향이
뒤를 이었다.

"아……!"

주소영은 그 자리에 석상처럼 굳은 채 널빤지를 바라보면
서 탄성을 흘렸다.

그녀의 얼굴에는 놀라움과 기쁨이 한데 떠올라 있었다. 세
개의 섬전표가 목인에 적중되는 소리만 듣고도 이번에는 제
대로 급소에 명중했다는 사실을 짐작한 것이다.

순간 그녀는 재빨리 널빤지 뒤로 달려가 보았다. 그리고는
세 개의 섬전표가 세 개의 목인 얼굴 부위에 세로로 정확하
게, 그것도 절반 이상 깊숙이 꽂혀 있는 것을 발견했다.

"성… 공이야……."

그녀는 급히 제자리로 돌아와서 마음을 가라앉힌 후에 다
시 섬전표 세 개를 발출했다.

이어서 널빤지 뒤로 가보았으나 섬전표 세 개 중 두 개만 목인에 꽂혔는데, 하나는 다리에, 또 하나는 어깨에 매달리듯 이 꽂혀 있었다.

"이럴 리가 없어… 방금 전에는 성공했었는데……."

그녀는 고개를 설레설레 가로저으면서 다시 원래 위치로 돌아왔다.

옆의 석대 위에는 섬전표가 수북이 쌓여 있으며 모두 오십 개다. 진검룡은 주소영에게 암기술을 가르칠 생각으로 오래 전에 섬전표를 직접 설계하여 곤명성 병기창에 부탁을 해두 었었다.

제자리로 돌아온 주소영은 마음을 가라앉힌 후에 처음부 터 차근차근 다시 시작했다.

즉, 자령심공으로 얻은 약간의 기운을 두 손에 모으고는 섬 전표를 오른손에 두 개, 왼손에 하나를 쥐고 각각 중지 끝마 디를 섬전표 중앙의 구멍에 살짝 걸고, 엄지로 바닥을 지그시 누르면서, 검지와 무명지를 회전과 각도의 위치에 해당하는 돌기 중간 부위에 댔다.

이십 일 동안 수천 번이나 해온 만반의 준비를 갖춘 주소영 은 심호흡을 한 후에 힘차게 세 개의 섬전표를 발출했다.

쉬리링!

타탁! 챙!

그러나 경쾌한 음향이 아니라 불길한 소리가 났다.

세 개의 섬전표가 쏘아 나가다가 급격히 방향을 꺾어 널빤지 뒤로 사라지자마자 그녀는 구르듯이 달려갔다.

곧 그녀의 얼굴에 실망이 가득 떠올랐다. 소리를 듣고 짐작했던 대로 섬전표가 두 개만 목인에 꽂혔고 나머지 하나는 바닥에 떨어져 있었다.

그나마 목인에 꽂힌 두 개도 급소하고는 먼 부위에 꽂힌 것인지 매달린 것인지 모를 애매한 모습이었다.

입술을 잘근 깨문 주소영은 섬전표를 뽑아서 다시 원위치로 돌아왔다.

이어서 석대 위에 있는 오십 개의 섬전표를 심혈을 기울여서 모두 발출했다.

확인 결과 급소에 제대로 꽂힌 것은 오십 개 중에서 세 개에 불과했다.

나머지 사십칠 개는 제멋대로 여기저기 꽂히거나 바닥에 떨어져 있었다.

"하악… 하악……. 도대체 아까는 어째서 성공했던 거야?"

그녀는 가쁜 숨을 몰아쉬며 할딱거렸다. 그러다가 번뜩 뇌리를 스치는 생각이 있었다.

"설마……."

그녀는 아까 멋들어지게 성공했을 때의 상황을 곰곰이 되새겨 보았다.

그때는 진검룡이 말도 없이 나가 버린 걸 알고는 새침한 기분이 됐었다. 그래서 뭐라고 외치면서 신경질적으로 섬전표를 발출했었다.

"아까 내가 뭐라고 그랬었지……?"

별별 방법을 다 해봐도 안 되니까 이젠 별 희한한 방법까지 다 써보려는 것이다.

"그렇지! 그거였어!"

결국 그녀는 아까의 상황을 기억해 내고는 마음을 차분히 가라앉힌 다음에 새침한 표정을 지었다.

이어서 문을 쳐다보면서 눈을 하얗게 흘기며 입술을 삐죽거렸다.

"아유! 정말 미워 죽겠어!"

순간 널빤지 쪽으로 몸을 빙글 반 회전시키며 손에 들고 있던 세 개의 섬전표를 신경질적으로 힘껏 뿌렸다.

쉬리리링!

따따딱!

세 개의 섬전표가 세 개의 흐릿한 검은 띠를 남기면서 쏘아나가 널빤지 앞에서 낫처럼 완전히 꺾이더니 경쾌한 음향이 뒤를 이었다.

"성공이야!"

세 개의 섬전표가 여태까지보다 훨씬 빠르게 쏘아가는 것과 널빤지 옆으로 꺾어지는 각도를 보고, 그리고 목인에 적중하는 경쾌한 음향만 듣고도 그녀는 성공을 확신했다.

달려가 보니 과연 세 개의 섬전표는 아까처럼 세 개의 목인 머리 부위에 정확하게, 그리고 깊게 꽂혀 있었다.

이후 그녀는 밤늦게까지 섬전표 수련을 한 결과 한 가지 사실을 깨달았다. 아니, 확인했다.

섬전표를 목인의 급소에 정확하게 적중시키려면 예의 '아유! 정말 미워 죽겠어!'를 외치면서 발출해야 한다는 사실이다.

그것은 기쁜 일인지 슬픈 일인지 모를 일이었다.

*　　　*　　　*

무더운 운남의 초여름이 시작되는 시기에 곤명지부로 비보가 전해졌다.

운남성과 인접한 동쪽의 귀주성과 북쪽의 사천성에서 거의 동시에 날아든 비보였다.

귀주성에는 성도인 귀양성에 천의맹 귀양지부가 있으며, 그곳에서 서쪽으로 백여 리 거리에 사황벌 안순지부가 위치해 있었다.

그런데 천의맹 귀양지부와 사황벌 안순지부가 하루 간격으로 원인 모를 멸문을 당했다는 것이다.

두 지부를 멸문시킨 암중의 세력에 대해서는 알려진 내용이 전무했다.

　단지 두 지부가 멸문된 직후 철검방(鐵劍幇)이라는 방파가 갑자기 전면에 나타났다.

　철검방은 귀양성의 중간 규모의 방파로서 정사간이라 천의맹이나 사황벌 어느 쪽에서도 환영받지 못하는 박쥐 같은 신세였었다.

　그런 철검방이 표면으로 떠오르는가 싶더니 한 달이 채 지나기도 전에 귀양성과 안순현을 중심으로 삼백여 리 이내의 방, 문파들을 모조리 멸문시키거나 접수, 장악해 버렸다.

　그것으로 끝이 아니라 철검방은 마치 전설의 설철(齧鐵:불가사리)처럼 하루가 다르게 비대해지면서 엄청나게 빠른 속도로 귀주성 전역의 방, 문파들을 멸문 혹은 접수하고 있는 중이었다.

　사천성의 상황은 귀주성하고는 조금 달랐다.

　사천성의 성도인 중경성(重慶城)에는 역시 천의맹 중경지부가 있으며, 그곳에서 서북쪽으로 육백여 리 거리의 성도성(成都城)에는 사황벌 성도지부가 위치해 있다.

　두 곳 지부 중에서 운 나쁘게 먼저 멸문당한 쪽은 사황벌 성도지부였다.

　귀주성의 귀양지부와 안순지부는 백여 리 짧은 거리에 위치해 있다가 하루 간격으로 멸문을 당했었다.

　만약 사천성의 중경지부와 성도지부도 그처럼 짧은 거리였다면 성도지부가 멸문당한 직후에 중경지부도 멸문지화를 면키 어려웠을 것이다.

그러나 다행히 암중 세력은 성도지부를 먼저 급습하여 멸문시켰다.

그 직후에 성도성 내에 있는 정사간의 중간 급 방파 통천방(通天幇)이 이십여 일 사이에 성도성 주변 이백여 리 이내의 방, 문파들을 모조리 멸문, 접수했다.

성도성의 패자였던 사황벌 성도지부가 멸문당하고 이십여 일 만에 성도지부보다 열 배 이상 거대해진 통천방이 팔천여 명의 엄청난 고수와 무사들을 이끌고 천의맹 중경지부로 향하여 마침내 공격을 개시했다.

그러나 중경지부는 쉽게 함락되지 않았다. 성도성에서 벌어진 대사건을 시시각각 보고받은 중경지부는 조만간 통천방이 공격할지도 모른다고 예상했었다.

그래서 사천성 내의 천의맹 분타 여덟 곳과 천의분파 이십여 곳을 중경지부로 불러 모았으며, 사황벌 성도지부 휘하에 있던 다섯 개 분타도 끌어들였다.

사황벌 분타들은 성도지부가 멸문당하여 갈 곳이 없는 상황이었는데, 중경지부가 손을 내밀자 앞뒤 가리지 않고 달려가서 합세했다.

천의맹과 사황벌은 원래 견원지간이지만 통천방이라는 공동의 적을 두고 있기에 물과 기름이 합쳐질 수 있었다.

하지만 그런 필사적인 노력에도 불구하고 중경지부는 통

천방에 비해 현격한 열세였다.

더구나 통천방에는 신출귀몰하는 흑의고수가 이백여 명 정도 섞여 있었는데, 그들은 그야말로 무적이었다. 아무도 흑의고수들의 적수가 되지 못했다.

만약 중경지부에 기적이 일어나지 않았다면 통천방의 공격을 사흘도 버텨내지 못하고 벌써 멸문했을 것이다.

기적은 다름 아닌 아미파(峨嵋派)의 가세였다.

성도성에서 남쪽으로 사백여 리 거리인 아미산에 있던 아미파는 성도성의 사황벌 성도지부가 멸문했다는 소식을 들었고, 통천방의 엄청난 고수와 무사들이 중경성으로 향한다는 보고를 접한 즉시 아미파 일대제자(一代弟子)와 이대제자(二代弟子) 백 명으로 하여금 천의맹 중경지부를 도우라고 급파했다.

아미 제자 백 명은 통천방의 흑의고수 이백여 명을 너끈하게 상대하고도 남았다.

그 덕분에 중경지부는 한숨 돌릴 수 있었으나 단지 그뿐이었다.

통천방의 팔천 고수와 무사들은 너무 많았다. 중경지부 이천오백여 명에 비해서 세 배가 훨씬 넘는 엄청난 세력 앞에서 중경지부는 위태위태하게 연명하고 있는 상황이었다.

*　　　*　　　*

천의맹 곤명지부로 때아닌 인파들이 밀어닥쳤다.

귀주성 천의맹 귀양지부와 분타들, 그리고 천의분파의 생존자들이었다.

귀양지부 휘하에는 아홉 개의 분타가 있었으며, 그중 여섯 곳이 철검방에 멸문을 당했고 세 곳만 간신히 살아남았다. 그리고 열다섯 곳의 분파 중 열 곳이 멸문당했고 다섯 곳만 무사했다.

귀양지부와 멸문한 분타, 분파의 생존자들은 삼백여 명이고, 멸문당하지 않은 곳의 무사들은 구백여 명에 달했다.

생각지도 않았던 그들 천이백여 명이 속속 밀려드는 바람에 곤명지부는 큰 혼란에 빠졌다.

검우각 소회의실에 진검룡을 비롯한 네 사람이 모였다. 아니, 진검룡 뒤에 우뚝 서 있는 부상쾌까지 다섯 명이다.

강무교는 어느 때보다도 진중한 표정을 지으며 입을 열었다.

"귀주파(貴州派)들을 우선 곤명총부(昆明總部)에 합세시켰지만 장차 어찌해야 할지 모르겠소."

귀주성에서 곤명지부로 대거 몰려온 사람들을 한데 뭉뚱그려서 '귀주파'라고 부른다.

"다다익선(多多益善)이오."

진검룡이 짧게 말했다. 즉, 많을수록 좋다는 뜻이다.

곤명총부라는 것은 지난번에 진검룡이 일러준 몇 가지 방법 중의 하나로 탄생한 집단이다.

그 방법이란, 곤명성은 물론이고 운남성 내의 사황벌 휘하를 제외한 모든 방, 문파에서 무사들을 선발하여 곤명지부로 끌어모으는 것이었다.

천의맹에 가입한 천의분파는 물론이고 가입하지 않은 방, 문파들까지도 포함되었다.

그러는 한편 예전 곤명지부 휘하 여덟 개 천의분타가 천막을 치고 있던 전지 호수 변 뒤쪽의 광활한 초지에 최대한 빠른 속도로 전각군을 세우기 시작했다. 아니, 그것은 전각군이라기보다는 성채(城砦)에 가까웠다.

둘레가 무려 십여 리에 달하고 그 안에 들어서는 고루거각의 수만 무려 천여 채가 넘었다.

십여 리 둘레의 담, 아니, 성벽 높이는 오 장에 달하고 세 곳에 문이 있는데, 하나는 곤명지부와 맞닿아 있으며, 또 하나는 전지 호수 쪽으로, 마지막 하나는 당랑천 쪽에 있다.

당랑천 쪽의 물을 성안으로 끌어들여 운하와 포구를 만들고, 그곳에서 크고 작은 배들 수십 척을 함께 건조했다.

이 성채가 바로 곤명총부인 것이다. 대역사(大役事)라고 해도 부족함이 없을 정도의 엄청난 규모의 성채 건설에는 곤명성과 운남성 각지에서 온 이천여 명의 전문가와 인부들이 동원되었으며, 모집한 각처의 무사들도 대거 참여하고 있었다.

현재 전체 공정의 칠 할 정도가 진행 중인데, 거대한 규모에 비해서 놀랍도록 빠른 진척이다. 어마어마한 자금과 인력을 투입한 결과가 나타나고 있는 것이다.

곤명총부를 짓는 데 은자 삼백만 냥을 확보해 놓은 상태인데 그 돈은 이미 다 썼으며, 보름 전부터는 외상으로 자재를 들여오고 전문가와 인부들의 노임도 밀려 있는 형편이었다.

지금으로 봐서는 곤명총부가 완성될 때까지 삼백만 냥이 더 소요될 듯하다.

어쨌든, 이곳 곤명총부에 운남성 각지에서 운집한 무사들이 기거하고 또 무술 수련을 하면서 혈마련의 공격에 대비하고 있는 중이었다.

"현재 곤명성과 운남성 각지에서 모여든 무사의 수가 만 삼천오백여 명에 이르고 있소. 거기에 귀주파 천이백여 명까지 합하면 만 오천여 명에 육박하오."

진검룡의 '다다익선' 이라는 말에 강무교는 운집한 무사가 만 오천여 명이나 된다는 말을 하면서 복잡한 표정을 지었다.

그 말은 만 오천여 명이면 혈마련을 막는 데 충분하지 않느냐는 뜻과 곤명총부를 짓는 공사비가 턱없이 모자라고, 또 만 오천여 명을 먹여 살려야 하는 비용을 마련하는 것이 문제라는 뜻을 내포하고 있었다.

그렇지 않아도 강무교는 곤명총부를 짓는 데 필요한 은자 삼백만 냥을 마련하느라 생고생을 했었다.

천의맹 강남지총부주 조탁이 강무교를 곤명지부주로 임명하면서 전대 지부주 고후로부터 압수한 돈 중에서 은자 백만 냥과 곤명지부의 재산을 포상으로 주었었다.

은자 백만 냥에다가 지난번에 진검룡이 고선의 경혼조원 가입비라면서 강무교에게 주었던 은자 오십만 냥을 보탰으며, 곤명지부 재산 중에서 전답이나 성내의 건물, 점포 등 돈이 될 수 있는 모든 것들을 급매물로 내놓아서 어떻게든 은자 삼백만 냥을 마련하여 공사를 시작했었다.

그런데 공사를 진행하다 보니 예상 밖의 공사비가 자꾸만 더 생겨났으며, 결국 은자 삼백만 냥이 더 있어야만 공사를 끝낼 수 있게 되었다.

그뿐 아니라 곤명총부에 기거하는 만 오천여 명의 막대한 생활비까지 떠안게 되었다.

지금 상황으로는 혈마련하고 싸움을 해보기도 전에 곤명총부가 자금 부족으로 와해될 지경에 이르렀다.

소회의실에 진검룡이 도착하기 전까지 강무교와 고명, 적설은 그 문제에 대해서 집중적으로 논의했으나 도저히 해결 방법이 나오지 않았었다.

곤명지부의 돈이란 돈은 박박 긁었기 때문에 재정이 바닥인 상태다.

시쳇말로 먹고 죽으려고 해도 독약을 살 돈이 없는 형편이 바로 지금 상황인 것이다.

그것을 모를 리 없는 진검룡이다. 하지만 그는 자금 압박보다도 다른 것에 신경을 쓰고 있었다.

즉, 곤명총부에 운집한 만 오천여 명이 죄다 오합지졸이라는 사실이다.

"자금은 내가 마련해 보겠소."

진검룡이 조용히 말하자 강무교 등은 뜻밖이라는 듯 크게 놀라는 표정을 지었다가 곧 안도의 한숨을 내쉬었다.

진검룡을 신뢰하는 마음이 지나쳐서 그가 자금을 마련하겠다고 하면 이미 마련된 것이나 다름이 없다는 생각이 들었기 때문이다.

강무교는 환한 표정을 지었다.

"그렇다면 이제는 아무 문제가 없소."

"아니오. 지금부터가 문제요."

진검룡의 말에 강무교 등은 의아한 표정을 지었다.

"만 오천여 명으로도 부족하단 말이오?"

"의검문을 멸문시킨 월인마고수가 몇 명이었는지 아시오?"

월인마고수가 몇 명이었는지는커녕 그들이 어떻게 됐는지도 모르는 강무교 등이니 대답할 수 있을 리가 없다.

"오십 명이었소."

"겨우 오십 명으로 사백삼십 명을……!"

"더구나 내가 알기론 월인마고수는 한 명도 죽지 않았소."

"음……."

커다란 충격을 받은 강무교 등의 안색이 무겁고 또 어둡게 변했다.

혈마련 월인혈곡의 월인마고수가 고작 오십 명으로 의검문의 사백삼십 명을 몰살시키고서도 자신들은 한 명도 죽지 않았다는 사실은 믿어지지 않을 정도의 충격이었다.

그리고 세 사람은 진검룡의 다음 말에서 더 큰 충격을 받아야만 했다.

"혈마련이 귀주성과 사천성을 평정하고 나면 그곳의 모든 세력을 이끌고 곤명성을 공격할 것이오."

세 사람은 너무 놀라서 신음 소리조차 내뱉지 못했다.

조금만 생각해 보면 예상할 수 있는 일인데도 세 사람은 거기까지는 짐작하지 못했었다.

단지 혈마련이 귀주성과 사천성을 장악한 뒤에는 운남성, 즉 곤명지부를 공격할 것이라고만 막연하게 생각했었다.

"음! 그것이 바로 차도살인지계로군요."

한참이 지나서야 고명이 착잡한 표정으로 무거운 신음을 흘리며 입을 열었다.

지난번에 진검룡은 혈마련이 운남성과 귀주성, 사천성을 장악한 후에 그곳의 방, 문파들을 강제로 동원하여 그들을 방패로 삼아서 천의맹, 사황벌과 전쟁을 벌이는, 즉 차도살인지계를 사용할 것이라고 말했었다.

그런데 혈마련은 곤명성에서 실패를 한 이후에 귀주성을 장악했으며, 현재는 사천성을 장악하기 직전인 상황이다.

상황이 조금 바뀌었을 뿐이지 그들이 차도살인지계를 사용할 것이라는 예상은 아직도 유효하다.

그러므로 혈마련이 사천성 장악이 끝나고 나면 사천성과 귀주성의 방, 문파들을 총동원해서 곤명지부를 칠 것이라는 예상이 충분히 가능한 것이다.

"현재 사천성 중경지부를 공격하고 있는 통천방의 핵심 전력이 누구라고 생각하오?"

진검룡의 물음에 적설이 즉시 대답했다.

"이백 명의 흑의고수들 아니오? 그들이 누군지는 모르지만 혈마련 휘하의 마도 방파임에는 틀림없을 것이오."

"그렇소."

진검룡은 고개를 끄덕였다.

"아마 그 흑의고수들이 사천성 사황벌 성도지부를 전멸시켰을 것이오."

"음……."

"귀주성 귀양지부와 안순지부를 차례로 괴멸시킨 혈마련 마고수들도 있을 것이오."

곤명성 의검문을 멸문시킨 것은 월인혈곡이었고, 그들은 적풍보를 혈마련 곤명지부로 삼으려고 했었다.

　그런 식으로 혈마련은 사천성과 귀주성에도 똑같은 방법을 적용했을 것이다.

　곤명성에서 월인혈곡이 의검문을 멸문시켰던 것처럼, 사천성 사황벌 성도지부를 멸문시킨 것이 흑의고수들이고, 귀주성 귀양지부와 안순지부를 괴멸시킨 마고수들이 따로 있을 것이다.

　오래지 않아서 사천성 중경지부가 혈마련 수중에 떨어지고 나면 곤명지부를 목표로 총공세가 개시될 터이고, 그들 중에는 성도지부와 귀양지부, 안순지부를 괴멸시킨 마고수들도 섞여 있을 것이 분명하다.

　"그런데도 곤명총부에 운집한 만 오천여 명만으로 충분하다고 생각하오?"

　진검룡의 물음에 강무교 등은 아무 말도 하지 못했다. 사천성과 귀주성의 방, 문파에서 총동원된 무사들의 수는 어림잡아도 몇만 명은 될 것이다. 게다가 혈마련의 마고수들까지 가세할 것이다.

　점입가경이다. 자금 문제가 해결되고 나니까 그보다 훨씬 더 큰 문제가 도출되었다.

　강무교 등이 봤을 때 곤명총부에 운집한 만 오천여 명은 극히 일부를 제외하고는 어중이떠중이들, 즉 오합지졸들이다.

　그들로 사천성과 귀주성을 연합한 혈마련의 총공격을 막아내는 것은 도저히 불가능한 일이었다.

문득 고명이 무척 진지한 표정을 지으며 진검룡에게 물었다.

"진 조장, 그런데 의검문을 멸문시켰던 월인마고수 오십 명은 어떻게 됐소?"

강무교와 적설은 움찔하며 진검룡을 쳐다보았다. 그것은 세 사람 모두 너무도 궁금하게 여겼던 일이다.

"죽었소."

진검룡은 짧게 대답했다.

거기까지는 세 사람도 짐작하고 있었다. 그 당시 적풍보 뒤쪽 한적한 곳에서 경혼조원들이 수십 구의 시체를 태우는 광경을 목격한 수하들이 여럿 있었고, 그 일은 즉각 강무교 등에게 보고됐었다.

그래서 월인마고수들이 죽었으며 그 시체들을 태운 것이 아닌가 추측하고 있었다.

세 사람은 마른침을 삼켰다. 더 궁금한 것이 남아 있기 때문이다.

"진 조장이 그들을 죽였소?"

진검룡으로서는 구태여 밝히고 싶지 않은 일이다. 밝히는 것은 쉽지만 뒤가 시끄러워진다.

지금도 보라. 지부주 강무교와 총관 고명, 총당주 적설이 일개 조장에게 전전긍긍하고 있지 않은가. 이래서는 은거하듯이 조용히 지내려고 한 이곳의 생활이 성공적이라고 할 수 없는 것이다.

그렇지만 진검룡은 거짓말이 서툴다. 아니, 생전 거짓말이라는 것을 해본 적이 없다. 여북하면 그는 선의의 거짓말이라는 것도 해보지 못했었다.

그가 대답을 하지 못하고 침묵을 지키고 있는데 불쑥 부상쾌가 나섰다.

"내가 죽였다."

세 사람의 시선이 자신에게 집중되자 부상쾌는 진검룡을 많이 닮은 무심한 표정으로 차갑게 내뱉었다.

"내 손으로 월인마고수 오십 명을 죽인 후에 조원들과 함께 적풍보 뒤꼍에서 태워 버렸다."

세 사람은 그녀의 말을 추호도 믿지 않았다. 단지 그녀가 그렇게 말하는데도 진검룡이 묵인하고 있는 것은 더 이상 말하기 싫다는 뜻으로 받아들였다.

결국 월인마고수 오십 명을 누가 어떻게 죽였는지는 모른 채, 진검룡은 계속 신비하면서도 무소불위의 능력을 지닌 인물로 남아 있게 되었다.

진검룡이 화제를 바꾸어 조용히 말문을 열었다.

"내일부터 곤명지부 직계 휘하 천 명으로 하여금 곤명총부의 만 오천여 명에게 무술을 가르치도록 하겠소."

세 사람의 얼굴에 놀라움과 의아함이 떠올랐다.

"무슨 무술이오?"

부상쾌가 대신 냉랭하게 대답했다.

"발도산검파라는 무림 최고의 박투술이다."

"아……."

그녀의 말에 세 사람은 깨닫는 바가 있어 고개를 끄덕였다. 경혼조원 열 명이 지난 오십여 일 동안 곤명지부 십룡당 천여 명에게 가르치고 있는 무술이 발도산검파라는 사실을 알고 있었기 때문이다.

이제 세 사람은 부상쾌의 무례함에는 조금쯤 단련된 상태라서 별로 개의치 않았다.

진검룡은 부상쾌에게 자신의 계획을 설명한 적이 없다. 그는 경혼조원뿐만 아니라 누구에게도 자신의 계획을 설명하지 않았다.

하지만 진검룡을 그림자처럼 호위하고 있는 부상쾌도 눈이 있고 귀가 있기에 진검룡이 곤명총부 만 오천여 명에게 무술을 가르친다고 말하니까 대충 무슨 계획인지 짐작할 수 있었던 것이다.

강무교 등은 바쁜 와중에도 틈틈이 경혼조원들이 곤명지부 무사들에게 발도산검파를 가르치는 것을 지켜봤고 또 수하들과 직접 비무도 해봤었다.

그 결과 불과 오십여 일 배웠을 뿐인 수하의 무술이 몰라보게 일취월장했다는 사실을 알고 적잖이 놀랐었다.

"경혼조원은 발도산검파를 제대로 익혔기 때문에 누구에

게도 패하지 않는다. 만약 지부의 천여 명이 곤명총부의 만 오천여 명에게 발도산검파를 제대로 가르치고, 또 그들이 사력을 다해서 연마한다면 혈마련의 총공격에도 그리 쉽게 패하지는 않을 것이다.”

원래 과묵한 부상쾌는 요즘 들어서 진검룡을 닮아 더욱 과묵해졌다.

하지만 지금은 진검룡이 말을 하고 싶어하지 않는다는 것을 깨달았고, 그럼에도 불구하고 강무교들을 이해시켜야 하기 때문에 어쩔 수 없이 자신이 긴 설명을 하고 있는 것이다.

세 사람은 부상쾌의 말이 옳으냐는 듯 진검룡을 쳐다보았다.

진검룡은 가볍게 고개를 끄덕였다.

“그렇소.”

세 사람은 비로소 얼굴이 조금 풀렸으나 완전히 믿지는 않는 표정이었다.

“징강지부는 어떻게 됐소?”

진검룡이 다시 화제를 바꾸어 조용히 물었다. 지난번에 그가 강무교에게 제시한 몇 가지 방법 중에 징강지부를 설득하여 힘을 합치라는 것도 포함되어 있었다.

세 사람의 얼굴에 씁쓸한 표정이 떠오르더니 강무교가 낙담한 듯 대답했다.

“이미 다섯 차례나 징강지부로 밀령(密令)을 보냈는데 우리가 하는 말을 전혀 믿지 않소."

귀주성 사황벌 안순지부와 휘하의 열네 개 분타의 생존자와 철검방에게 공격당하지 않은 분타들은 대거 징강지부에 피신해 있는 상황이다.

그들 세력이 얼마나 되는지는 모르지만, 그들이 합세해 준다면 큰 힘이 될 것이 분명하다.

그것을 잘 알고 있는 고명이 착잡하게 중얼거렸다.

"이곳 곤명성에서 일어났던 일과 귀주성, 그리고 사천성의 일이 혈마련의 짓이라는 증거를 대면 믿겠다고 하는 데야 어쩔 도리가 없소."

적설은 실소를 지었다.

"혈마련의 총공세가 시작되면 징강지부는 여지없이 괴멸하고 말 것이오. 그때 가서 후회해도 어쩔 수 없는 일이오. 그러나 어차피 놈들은 사황벌이니 괴멸한다면 우리에게도 이익이 아니겠소?"

"헛소리."

그런데 부상쾌가 불쑥 차갑게 중얼거렸다.

그러자 적설은 사납게 부상쾌를 쏘아보았다.

"입이 거칠구나!"

"적의 적은 동지다. 그 정도 병법의 기본도 모르는 자가 총당주냐?"

"……."

과연 '적의 적은 동지' 라는 것은 병법의 기본이다. 그 정도는 적설도 배웠다.

하지만 막상 실전에서는 응용을 하지 못했다. 그 '적의 적은 동지' 가 '혈마련의 적인 사황벌은 천의맹의 동지' 라는 식(式)을 성립시키지 못한 것이다.

부상쾌가 마지막 쐐기를 박았다.

"우리가 직접 징강지부에 가보겠다."

세 사람은 조금은 어이없다는 듯, 그러나 기대 어린 표정으로 진검룡을 쳐다보았다.

그는 가볍게 고개를 끄덕였다.

"내가 징강지부주를 만나보겠소."

뒤에 서 있는 부상쾌가 슬며시 몸의 앞면을 진검룡의 등에 밀착시켜 왔다.

강무교가 염려스러운 얼굴로 물었다.

"괜찮겠소?"

진검룡은 대답하지 않고 일어나서 밖으로 나왔다.

第五十七章
검랑(劍郎)

진검룡과 부상쾌는 검우각을 나서 돌계단을 내려갔다.

"저 때문에 화나지 않으셨습니까?"

뒤따르던 부상쾌가 조그만 목소리로 조심스럽게 물었다.

진검룡은 걸음을 멈추고 부상쾌가 옆으로 다가오기를 기다렸다가 그녀를 보며 빙그레 엷은 미소를 지었다.

"화나긴, 속이 시원했다."

"정말요?"

부상쾌는 눈을 동그랗게 뜨고 두 손을 가슴 앞에 모으며 깡충 뛸 듯이 물었다.

"내가 하고 싶은 말이었다."

“아…….”

부상쾌의 얼굴에 꽃이 만개하듯 기쁨이 가득 피어났다. 게다가 얼마나 감격했으면 소녀처럼 얼굴이 빨개져서 눈물까지 글썽이겠는가.

진검룡은 부상쾌의 머리를 쓰다듬었다.

“잘했다.”

부상쾌는 진검룡보다 세 살 연상이지만 이들 사이에선 연상이니 연하 같은 것이 존재하지 않는다.

진검룡에게 부상쾌는 수하일 뿐이고, 부상쾌에게 진검룡은 절대자이면서 남자다.

진검룡이 성큼성큼 걸어가자 너무 감격한 부상쾌는 몸을 부르르 떨다가 급히 그의 뒤를 따랐다.

밤이 늦었다.

진검룡과 부상쾌가 경혼각 이층으로 올라가자 맨 끝 수련실에서 주소영의 날카로운 외침이 터져 나왔다.

“아유! 정말 미워 죽겠어!”

진검룡은 자신의 방문 앞에 멈춰 서서 잠시 수련실 쪽을 바라보다가 희미한 미소를 지었다. 그녀가 왜 그렇게 소리를 지르는지 이유를 알고 있기 때문이다.

“아유! 정말 미워 죽겠어!”

그가 수련실을 보고 있는 동안에도 주소영의 외침은 계속 들려왔다.

　슥—

　진검룡이 방문을 열자 부상쾌가 공손히 허리를 굽혔다.

　"편히 주무세요."

　둘만 있을 때 그녀는 아주 부드럽고 달콤한 목소리를 구사
한다.

　탁.

　옥청은 진검룡 방의 문이 닫히는 소리를 듣고 그가 이제야
자러 온 것을 알았다.

　그의 얼굴을 볼 수 있으면 더 좋겠지만, 이렇게 벽 하나 사
이에 있다는 사실만으로도 그녀는 가슴이 훈훈해진다.

　오늘 힘든 일을 많이 한 탓에 몹시 피곤했지만 그녀는 자지
않고 진검룡이 돌아오기를 기다리고 있었다. 이제 그가 왔으
니까 편하게 잠들 수 있게 되었다.

　아무도 모르는 사실이 한 가지 있다. 그녀가 진검룡을 마음
속으로나마 지아비로 여기고 있다는 것이다.

　그녀는 이제 진검룡이 없으면 살지 못한다. 아니, 그를 보
지 못하면 숨조차 쉴 수가 없다.

　그녀는 아무것도 모르고 또 하지 못하고, 잘하는 것이라곤
요리를 하는 것밖에 없지만, 진검룡을 사랑하는 마음만은 천
하의 어느 누구에게도 지지 않을 자신이 있었다.

'잘 자요, 당신.'

옥청은 두 손을 가슴에 얹고, 진검룡을 마음속에 품은 채 가만히 눈을 감았다.

"아……."

미약한 신음 소리에 진검룡은 잠에서 깼다. 신음 소리는 왼쪽 옥청의 방에서 들려오고 있었다.

"음… 아……."

신음 소리를 두 번 듣고 그는 옥청이 많이 아프다는 것을 직감했다.

그는 기척없이 방을 나와 옥청의 방문을 열었다. 훅! 하고 침상 쪽에서 열기가 끼쳐 왔다. 옥청의 체온이다.

그는 방 안으로 들어가서 문을 닫고는 침상으로 빠르게 다가갔다.

'조장이 무악 엄마 방에?'

막 수련실에서 나오던 주소영은 진검룡이 옥청의 방으로 들어가는 것을 발견하곤 눈을 동그랗게 떴다.

그때까지만 해도 그녀는 별다른 생각을 하지 않았다. 진검룡은 여자를 밝히는 남자가 절대 아니라고 확신하고 있었기 때문이다.

그녀는 터벅터벅 자신의 방으로 걸어갔다. 그녀의 방은 진검룡의 방 옆의 옆이다. 즉, 부상쾌 옆방이다.

자신의 방으로 가려면 방금 진검룡이 들어간 옥청의 방 앞을 지나가야 한다.

"아아……."

주소영이 막 옥청의 방 앞을 지나치면서 힐끗 문을 쳐다보는데 바로 그 순간 방 안에서 흐릿한 신음 소리가 흘러나왔다.

뚝 걸음을 멈춘 그녀는 놀란 표정으로 눈을 크게 뜨고 문을 쏘아보았다.

"으음… 하아아……."

신음 소리가 계속 새어 나왔다. 건강한 신체의 소유자이며 십구 세인 주소영은 그런 신음 소리를 듣고 대뜸 한 가지를 연상했다.

'뭐… 야, 이거?'

그녀는 놀라고 또 어이없다는 표정으로 문을 쏘아보았다.

지금은 미시(未時:새벽 2시)쯤 된 시각이다. 이런 늦은 밤에 옥청의 방에 진검룡이 들어가더니 옥청의 열뜬 신음 소리가 흘러나오고 있는 것을 어떻게 해석해야만 하겠는가.

'그럼 조장이 모두를 감쪽같이 속이고 밤마다 무악 엄마하고 그렇고 그랬다는 거야?'

자신의 순결을 가져가라고 그렇게 애걸을 해도 눈 하나 까딱하지 않더니, 이제 보니까 옥청하고 밤마다 질펀하게 정사를 즐겼다고 단정해 버리는 주소영이다.

'나쁜 자식! 죽일 놈!'

절대자 남자를 여자 수하가 사랑하게 되면 어느 한순간 절대자가 죽일 놈으로 급변할 수도 있다.

'개자식! 이걸 그냥……'

주소영은 문을 냅다 걷어차려다가 간신히 참고 자그마한 몸을 쌔근거렸다.

옥청의 맥을 짚어보고 있는 진검룡은 주소영이 문밖에서 씨근거리고 있는 것을 감지했으나 내버려 두었다.

옥청은 온몸이 불덩어리처럼 뜨겁고 식은땀을 많이 흘리면서도 오한으로 오들오들 몸을 떨고 있었다.

그녀는 지독한 풍훈(風暈:몸살감기)에 걸렸다. 겨울이 아닌 여름에 걸리는 서감(暑感)은 원래 더 혹독하게 마련이다.

"아아……"

그녀는 거의 정신을 잃은 상태였다. 너무 더워서 스스로 옷을 활활 벗은 탓에 뽀얗고 투실한 젖가슴이 다 드러나고, 땀을 많이 흘렸기 때문에 반바지 잠옷이 하체에 찰싹 달라붙어 숱이 많고 도도록하게 솟은 옥문 위의 불두덩이 여실히 드러난 모습이다.

그녀는 현재 너무 더우면서도 추운 상태였다. 하지만 열을 내리게 해주는 것이 순서다.

진검룡은 왼손에 약간의 공력을 주입하여 차게 만들어 옥청의 이마를 짚었다.

"아아……."

그러자 옥청이 온몸을 바르르 떨더니 긴 속눈썹 아래의 눈을 반쯤 떴다.

그러나 그녀는 아직 정신을 차리지는 못했다. 비몽사몽 중에 누군가 차가운 손으로 자신의 이마를 짚고 있다는 사실을 깨닫는 데에도 꽤 오랜 시간이 걸렸다.

"누구……."

"나요, 진검룡이오."

"아……."

"아프면 내 방으로 오거나 누구에게 도움을 청하지 않고 어째서 혼자 앓고 있는 것이오?"

진검룡이 그렇게 말하는데도 옥청은 그가 진검룡이라는 사실을 깨닫는 데 조금 더 시간이 필요했다.

얇은 창을 통해 스며든 달빛의 어슴푸레함 속에 진검룡의 강파르고 단단한 모습이 드러났다.

그녀의 눈이 조금 더 커졌고, 속눈썹이 파르르 떨렸다.

"아… 당신… 검룡……."

평소 붉고 도톰하며 매혹적이었던 입술이 지금은 핏기없고 까칠해져서 신음 같은 가느다란 목소리를 겨우 흘려냈다.

만약 그녀가 제정신이었다면 절대로 진검룡에게 '당신' 이나 '검룡' 이라고 이름을 부르지 못했을 것이다.

너무 아파서 정신이 없다 보니 현실인지 꿈인지 분간을 하지 못하고 마음속 깊은 곳에 있는 것들이 자신도 모르게 흘러나오고 있는 것이다.

"그렇소, 나요."

진검룡은 안쓰러운 듯 그녀를 굽어보며 부드럽게 미소를 지었다.

그러자 옥청은 아픈 중에도 행복한 듯한 미소를 머금었다.

"저… 너무 아파요……. 여기가… 너무… 더워서… 답답해서… 죽을 것만… 같아요……."

그녀는 손을 허우적거리다가 자신의 젖가슴을 지그시 눌렀다. 몸이 아프면 가슴이 제일 답답하고 더운 법이다.

그리고 그녀는 지금 자신이 거의 벌거벗은 몸이라는 것을 알지 못했다.

너무나 아프고 답답한 상황에 진검룡이 와주어서 그에게 간절히 도움을 바라고 있을 뿐이다.

아니, 그녀는 진검룡을 보는 순간 이미 큰 위안을 얻었다. 그가 곁에 있어주기만 해도 병이 나을 것만 같았다.

옥청이 젖가슴에서 손을 떼고 다시 열뜬 얼굴로 손을 허우적거렸다.

이마를 시원하게 해준 것처럼 끓는 가마솥 같은 답답한 가슴도 그렇게 해달라는 몸짓이다.

그러나 진검룡은 다른 손을 들어 올리기는 했으나 선뜻 젖가슴을 만지진 못하고 머뭇거렸다.

그런데 허우적거리던 옥청의 손이 진검룡의 팔에 닿았다. 그러자 그녀는 갈증에 목이 타는 사람이 물그릇을 입으로 가져가듯 그의 손을 자신의 가슴으로 가져갔다.

"하아… 여기… 답답해요……."

진검룡은 그녀의 손을 뿌리치지 못했다. 그의 커다란 손으로도 다 뒤덮지 못할 만큼 크고 풍만한, 그리고 뜨거운 젖가슴이 손안에 가득 느껴졌다.

옥청은 희고 섬세한 두 손으로 진검룡의 손을 꼭 잡고 있었는데, 그녀의 손도 뜨거웠다.

진검룡은 오른손에 진기를 일으켜서 약간의 극음지기를 주입한 후 젖가슴 사이 앙가슴에 밀착시키려고 애썼으나 여의치 않았다.

젖가슴이 너무 크고 가슴골이 협소해서 커다란 손바닥으로 덮는다는 것이 애초에 불가능했다.

그래서 어쩔 수 없이 두 개의 젖가슴 아래에 손바닥을 대고 쓸어 올리는 듯한 상태로 진기를 주입시켰다.

약간의 시간이 흐른 후에 그는 다시 진기를 바꿔서 주입시켰다.

뜨거운 몸을 차게 해준 후에는 허약해진 몸을 보강해 주는 것이 필요하기 때문이다.

"하아아……."

그렇게 얼마나 시간이 흘렀을까. 곧 죽을 것처럼 괴로워서 몸부림치던 옥청이 이윽고 긴 숨을 토해내면서 천천히 눈을 감았으며, 얼굴빛은 차츰 안정되어 갔다.

진검룡은 왼손은 옥청의 이마에, 그리고 오른손은 젖가슴에 댄 상태로 일각 정도 옥청의 원기를 북돋아주는 부드러운 진기를 주입시켜 주었다.

그때 옥청의 긴 속눈썹이 파르르 떨리더니 다시 눈을 떴다.

아까보다 훨씬 맑고 흑백이 또렷한 크고 아름다운 눈인데, 거의 평소의 모습을 되찾았다.

"아……."

한동안 눈을 깜빡이던 그녀는 자신을 굽어보고 있는 진검룡을 발견하고 크게 놀라며 탄성을 토해냈다.

아까 진검룡을 보았을 때 그녀는 너무나도 아픈 중에 꿈속에서 그를 보았다고 여겼었다.

그런데 꿈이 아니었다. 그가 실제로 자신을 염려스러운 표정으로 굽어보고 있는 것이다.

그녀는 정신이 들긴 했으나 아직 온전한 상태는 아니었다.

그녀는 까만 눈동자를 사르르 굴리다가 자신의 몸이 거의 벌거벗은 상태라는 것과 진검룡의 손이 각각 자신의 이마와 젖가슴을 누르고 있는 것을 발견했다.

"아아……."

그녀는 놀라서 몸을 후드득 떨었다. 그러면서 얼굴이 발갛게 붉어졌다.

"음……."

그 모습을 보고 진검룡은 슬며시 두 손을 떼며 어색한 표정을 지었다.

옥청은 너무 더워서 스스로 옷을 벗어 던졌던 기억이 어렴풋이 떠올랐다.

또한 그녀는 진검룡이 자신을 치료하고 있을 뿐 추호도 음심을 품지 않고 있다는 사실을 잘 알고 있었다.

그녀는 너무 부끄러워서 다시 눈을 감았다. 그리고는 기다렸다는 듯이 어떤 생각이 떠올랐다.

언젠가 폭풍우가 치던 날 밤에 그녀가 외간 남자에게 겁탈당할 뻔했을 때 진검룡이 구해주고는 알몸의 그녀에게 옷을 입히고 무서움에 떠는 그녀를 밤새 꼭 안아서 재웠던 기억이다.

오늘 밤은 그때하고는 상황이 다르지만, 진검룡이 그녀를 구해준 것과 그녀의 몸이 알몸이라는 것이 비슷했다.

그때 문득 그녀는 눈을 뜨지 않은 채 진검룡을 향해 두 팔을 뻗었다.

말은 하지 않았으나 안아달라는 몸짓이다. 어디에서 그런 용기가 솟았는지 모르지만, 아마도 아픈 상황이기 때문에 가능한 도발이다.

잠시 침묵이 흘렀다. 옥청은 두 팔을 뻗은 채 눈을 감고 기다리고 있으며, 진검룡은 물끄러미 그녀를 굽어보고만 있을 뿐이다.

아픈 상태의 그녀가 오랫동안 팔을 뻗고 있으니까 가늘게 바들바들 떨렸다.

만약 그녀의 용기있는 도발이 받아들여지지 않으면 무척이나 부끄러울 것이다.

슥—

그때 진검룡이 그녀 옆에 가만히 누워 그녀를 자신 쪽으로 돌려서 눕혔다.

그리고는 그녀를 품에 꼭 안고 부드럽게 매끄러운 등을 쓰다듬어 주었다.

그녀는 격한 감동으로 바르르 몸을 떨고는 더욱 그의 품속으로 파고들며 그의 어깨를 베고 팔로 그의 등을 힘껏 끌어안았다.

그녀의 정수리에 진검룡의 턱이 닿아 있었다. 그녀가 고개를 들면 그와 입술이 닿을 수도 있을 것이다.

'아… 무악 엄마가 아프구나. 그래서 조장이……'

옥청의 방문 밖에 서 있던 주소영은 그제야 방 안의 상황을 깨닫고 잠시나마 진검룡을 오해했던 자신을 꾸짖었다.

'의심할 사람을 의심해야지. 정말 못났구나, 소영아.'

그녀는 주먹으로 머리에 꿀밤을 때리면서 자신의 방으로 걸어갔다.

살며시 고개를 든 옥청은 숨이 멎을 것만 같았다.

단지 고개를 든 것뿐인데 진검룡의 입술과 그녀의 입술이 딱 붙은 듯 맞닿아 버렸기 때문이다.

그의 크고 메마르며 두툼한 입술의 느낌이 그녀의 작고 도톰하며 얇은 입술로 칼날처럼 날카롭게 전해졌다.

그녀는 숨을 멈추었다. 그리고 큰 눈을 더욱 크게 뜨고 진검룡을, 아니, 그의 눈을 바라보았다.

진검룡도 눈을 뜨고 그녀를 응시하고 있었다. 그도 숨을 멈춘 상태다.

또 하나, 두 사람은 가슴이 서로 맞닿아 있으므로 상대의 심장이 격렬하게 두근거리는 것을 생생하게 느낄 수 있었다.

옥청의 심장은 미친 듯이 두근거렸으며, 진검룡은 북을 치듯이 쿵쿵거렸다.

옥청은 자신만큼은 아니지만 진검룡도 긴장하고 또 흥분했다는 사실을 깨달았다.

지난번 그녀를 안고 잤을 때도 이런 상황이었다. 그때 진검룡은 자꾸만 품속으로 파고드는 옥청을 꼭 안은 채 어쩔 줄을 모르고 가만히 있기만 했었다.

하지만 오늘의 옥청은 그때처럼 아무 일 없이 밤을 보내고 싶지 않다는 갈증을 느꼈다.

그리고 지금은 이성이 아니라 가슴이 시키는 대로 행동할 때라고 머리가 아닌 심장이 가르쳐 주고 있었다.

그녀가 어떤 행동을 먼저 행하지 않는 이상 이 과묵하고 목석 같은 사내는 죽을 때까지도 그녀에게 먼저 손을 뻗지 않을 것이다.

거기까지 생각한 옥청은 어디에서 용기가 생겼는지 입술을 힘껏 부딪쳐 갔다. 그리고는 마치 그의 입속으로 들어갈 것처럼 입술을 비벼댔다.

그러자 진검룡의 입술이 벌어면서 매끄럽고 두툼하며 물기에 젖은 혀가 나타났다.

"흡! 읍… 읍……."

그러자 그녀는 두 손으로 진검룡의 뺨을 잡고 결사적으로 그의 혀를 빨았다.

너무도 달콤한 타액이 꿀꺽꿀꺽 그녀의 목구멍으로 흘러들어 갔다.

그리고 그녀는 자신의 등을 안고 있는 진검룡의 손에 지그시 힘이 가해지는 것을 느꼈다.

그래서 진검룡도 자신과 같은 마음이라고 생각했다. 그녀가 그를 원하듯이, 그도 그녀를 원하고 있는 것이라고 여겨 더욱 용기가 생겼다.

"……!"

그때 그녀는 뭔가 단단하고 뭉툭한 것이 배를 강하게 찌르는 것을 느끼고 혀를 빠는 것을 뚝 멈췄다.

배를 찌르고 있는 것이 발기한 진검룡의 음경이라는 사실을 깨달은 그녀의 심장이 밖으로 튀어나올 것처럼 미친 듯이 쿵쾅거렸다.

무엇에 홀린 듯이 그녀의 손이 진검룡의 괴춤으로 영활한 한 마리 뱀처럼 미끄러져 들어갔다.

그리고는 위로 솟아 있는 그의 단단한 음경을 부드럽게 붙잡았다.

순간 진검룡의 몸이 움찔 떨리는 것이 고스란히 전해졌다.

그의 음경은 방금 용광로에서 꺼낸 것처럼 뜨거웠다. 그리고 한 손으로 다 쥘 수 없을 정도로 굵고 컸다.

옥청은 정신을 잃을 것 같은 흥분과 또 다른 갈증을 느꼈다.

흉기와도 같은 저것에 해침을 당하고 싶다는 열망이 온몸을 휩쓸었다.

그녀는 다시 진검룡의 혀를 빨면서 손으로는 그의 음경을 훑듯이 쓰다듬었다.

그리고 그의 혀를 빠는 입과 음경을 쓰다듬는 손을 통해서 자신의 마음을 전했다.

그때 진검룡이 옥청에게서 입술을 떼고 그녀를 바라보며 나직이 속삭였다.

"청매."

"네……."

그는 옥청에게 누이나 연인을 뜻하는 '매(妹)'라는 호칭을 사용했다.

서로의 뜨거운 입김이 얼굴에 끼쳐졌다.

진검룡은 그녀의 등을 안고 있던 손을 올려서 그녀의 뒷머리를 쓰다듬으며 떨리는 목소리로 나직이 말했다.

"내가 그대를 온전히 사랑하게 될 때까지… 조금만 더 기다려 주겠소?"

"……."

머리로는 그의 말뜻을 충분히 알아들었으나, 뜨거워질 대로 뜨거워진 그녀의 몸뚱이가 미련하게도 알아듣지 못하고 펄떡거리고 있었다.

그녀는 대답을 하지 않고, 그의 음경을 잡은 손에 힘을 주어 쓰다듬으면서 내 대답은 이것이라고 항변했다.

'저를 사랑하지 않아도 괜찮아요. 당신이라면… 저를 아무 뜻 없이 짓밟아도 상관없어요.'

이미 사내를 알고 있는 그녀의 몸뚱이와 십칠 년 가까이 사내를 접해보지 못한 그녀의 옥문은 뜨겁게 달아올라 헐떡이며 그녀가 손으로 잡고 있는 저 크고 굵고 단단한 남성을 갈망하고 있었다.

그때 진검룡이 옥청의 뺨을 쓰다듬으며 온화하게 속삭였다.

"청매, 그대는 내가 욕정을 느끼는 유일한 여자요."

"……."

"앞으로 그대를 사랑하게 되어 내 여자로 만들고 싶소. 그러나 지금은 아니오."

그녀는 지금껏 살아오면서 자신을 정조 깊고 현숙한 여자라고 생각했었다.

그 누구도 자신을 정복할 수 없고, 세상의 그 어떤 남자에게도 마음을 뺏기지 않을 것이라고 자신했었다.

그랬던 그녀가 이처럼 허물어져 이성을 잃은 채 간절하게 정사를 원하고 있는데, 이 남자는 이처럼 극도로 흥분했으면서도 사랑을 이야기하고 있다.

그래, 사랑을 이야기하고 있다, 사랑을…….

그래서 그녀는 깨달았다.

음경이 발기했다고 해서, 옥문이 발정을 했다고 해서 단지 그것 때문에 몸을 섞는다면 짐승하고 다를 것이 무엇이란 말인가.

그녀는 그를 사랑하고 있었으나, 그가 아직 그녀를 사랑하지 않은 채 정사를 벌인다면 그 역시 개나 돼지와 무엇이 다르겠는가.

진검룡이 그녀를 사랑하게 될 때까지 기다리는 동안, 그녀는 그를 지금보다 더 깊이 사랑하면 될 일이다.

옥청은 아름다운 눈으로 진검룡을 말끄러미 바라보면서

입술을 그의 입술에 부비며 속삭였다.

"알았어요, 검랑(劍郎)."

그러면서 지아비를 뜻하는 '랑' 이라고 불렀다.

"그 대신 이대로 있게 해주세요."

옥청은 혀를 빨면서 불분명한 발음으로 그렇게 말하면서 음경을 잡은 손에 힘을 주었다.

진검룡은 묵묵히 그녀를 바라보다가 천천히 눈을 감았다.

"……!"

그로부터 한 시진쯤 지났을 때 설핏 잠이 들었던 진검룡은 번쩍 눈을 떴다. 무엇인가를 감지한 것이다.

누군가 경혼각 옆의 인공 호수 쪽에서 접근하고 있는 미세한 기척이다.

그는 기척만으로 봤을 때 암중인이 평범한 인물이 아니라고 판단했다. 최소한 탈명마존 이상의 고수다.

곤명지부 내에는 그 정도의 일급 고수가 없다. 그렇다면 암중인은 외부인이라는 뜻이다.

옥청은 그의 품에 안겨서 깊이 잠들어 있었다. 여전히 상의를 입지 않은 상태고, 그의 팔을 베고 또 그의 음경을 꼭 잡고 있었다.

그가 잠들어 있는 중에도 음경은 그녀의 손을 느끼고 단단하게 발기를 유지하고 있었다.

그는 조심스럽게 옥청의 팔베개를 빼고 괴춤에서 그녀의 손을 빼냈다.

이어서 그녀에게 이불을 덮어준 후에 유령처럼 창을 통해서 밖으로 빠져나갔다.

같은 시각에 암중인은 경혼각 이층에 도달하여 어느 창을 통해서 안으로 막 잠입하고 있는 중이었다.

그런데 그곳은 부상쾌의 방이다. 암중인이 어째서 그녀의 방에 잠입하는지 모를 일이다.

진검룡은 옥청의 창에서 나오자마자 방향을 꺾어 부상쾌의 창으로 쏘아갔다.

활짝 열려 있는 창으로 쏘아 들어가던 그는 하나의 검은 인영이 머리 위로 검을 치켜든 채 침상으로 빠르게 다가가는 것을 발견했다.

쉬익!

침상에는 부상쾌가 이불을 덮고 얼굴만 내놓은 채 반듯한 자세로 자고 있었는데, 검은 인영은 그녀의 목을 향해 깨끗한 솜씨로 검을 그어 내렸다.

일촉즉발의 순간, 진검룡과 검은 인영의 거리는 일 장 반이다. 그가 아무리 빨라도 검은 인영에게 도달하면 부상쾌의 목은 이미 잘려진 후일 것이다.

피잉!

순간 진검룡이 왼손을 뻗으며 중지를 번개같이 구부렸다

가 튕기자 반투명한 금빛의 지풍이 섬전처럼 발출되었다.

팍!

"윽……."

파앗!

지풍이 검은 인영의 왼쪽 어깨에 적중되는 것과 동시에 그가 그어 내린 검이 부상쾌의 목 옆을 아슬아슬하게 스쳐서 침상 가장자리를 내려치며 썩뚝 잘랐다.

만약 지풍이 검은 인영의 왼쪽 어깨에 적중되면서 그를 밀어내지 않았으면 검이 부상쾌의 목을 잘랐을 것이다.

검이 침상 가장자리를 치자마자 놀란 부상쾌가 벌떡 상체를 일으켰고, 검은 인영은 지풍에 적중된 반탄력으로 일 장 정도 밀려갔다.

부상쾌는 눈을 커다랗게 뜨고 검은 인영을 쳐다보면서 크게 놀라는 모습이다.

자다가 깨어났으므로 아직 무슨 영문인지 모르는 듯했으며, 아직 진검룡을 발견하지 못한 상태였다.

그러나 놀라는 것은 검은 인영도 마찬가지였다. 일 장쯤 밀려난 그는 빠르게 부상쾌와 진검룡을 번갈아 쳐다보면서 흠칫 놀라는 눈빛이다.

사실 검은 인영은 진검룡을 죽이러 왔는데 방을 잘못 찾아 들어온 것이다.

검은 인영은 검은 복면을 뒤집어쓰고 눈만 내놓았으며, 머리끝에서 발끝까지 온통 흑일색의 모습인데, 오른손에 쥐고 있는 검만 희듯이 푸르스름한 색이다.

순간 검은 인영은 창에서 쏘아오고 있는 진검룡을 향해 곧장 쏘아가면서 공격을 가했다.

쉬아앗!

묵직하고 고집스러운 정파의 검법도 아니고, 가벼운 듯 화려한 사파의 검법도 아니다.

일체의 군더더기가 없으며, 머리와 목, 심장, 급소 세 군데를 동시에 찔러오는 검에서는 마기가 물씬 풍겼다. 즉, 검은 인영은 마도 고수인 것이다.

그 정도면 탈명마존보다 반 수 위의 수준이다. 또한 운남성에서는 그의 공격을 피하거나 막을 만한 고수가 없을 것이다.

스스스.

순간 진검룡의 모습이 대여섯 개로 분리됐다. 워낙 빠른 보법을 밟다 보니까 마치 분신술(分身術)을 펼친 것처럼 보이는 것이다.

부상쾌는 침상에 앉은 자세로 너무 놀라 눈을 동그랗게 뜨고 검은 인영의 공격을 눈으로 좇다가 그제야 진검룡을 발견하고 더욱 놀랐다.

진검룡은 한차례의 보법으로 검은 인영의 공격을 간단하게 피하고 그의 반 장 앞으로 바짝 다가들면서 벼락같이 왼손을 뻗었다.

"헛!"

검은 인영은 자신의 공격을 진검룡이 그토록 간단하게 피할 줄 몰랐고, 또 이처럼 빠르게 코앞으로 쇄도할 줄은 더욱 몰랐기에 헛바람을 들이켜며 놀랐다.

하지만 피하기에는 이미 늦었고, 방금 전의 공격을 미처 거두지도 못한 상태라 반격은 더더욱 할 수 없는 처지라서 꼼짝도 못하고 눈만 커다랗게 뜨고 있을 뿐이었다.

파파팍!

다음 순간 진검룡의 손이 번개같이 움직여 검은 인영의 몇 군데 혈도를 짚어 마혈과 아혈을 동시에 제압했다.

쿵!

검은 인영은 눈을 동그랗게 뜬 채 뻣뻣하게 통나무처럼 뒤로 쓰러졌다.

진검룡이 창으로 진입하면서 지풍을 날린 직후에 검은 인영을 제압하기까지 걸린 시간은 단 한 번 호흡을 하는 것에 불과할 만큼 짧았다.

진검룡은 침상 가로 다가가 부상쾌의 어깨로 손을 뻗으며 물었다.

"괜찮으냐?"

"아아……."

그제야 어찌 된 상황인지 조금쯤 감을 잡은 부상쾌는 크게 놀라면서 쓰러지듯 두 팔로 진검룡을 끌어안으며 그에게 얼굴을 파묻었다.

"너무 놀랐어요……."

하기야 곤히 자다가 급습을 당했으니 아무리 강심장인 부상쾌라고 해도 놀라는 것이 당연하다.

"아아… 고마워요, 주군……."

그녀는 진검룡에게 얼굴을 묻은 채 중얼거렸다.

그런데 서 있는 진검룡을 그녀가 끌어안다 보니까 두 손으로 그의 궁둥이를 붙잡고 또 얼굴을 그의 하체에 묻고 있는 자세가 되고 말았다.

더구나 말을 하다 보니까 뭔가 단단한 것이 그녀의 얼굴과 입에 자꾸 닿았다.

순간 부상쾌는 그것이 진검룡의 음경이며 발기했다는 사실을 깨달았다.

그가 옥청과 함께 누워 있다가 암중인을 감지하고 창을 빠져나와서 검은 인영을 제압할 때까지 걸린 시간이 세 호흡 정도에 불과하기 때문에, 단단하게 발기했던 음경이 수그러들 여유가 없었다.

당황한 부상쾌는 순간적으로 어떻게 해야 할지 몰랐다. 급습을 당해서 놀랐던 것은 저만치 사라져 버렸다. 대신 자신의 얼굴과 입에 닿아 있는 진검룡의 단단한 음경 때문에 가슴이 마구 두근거렸다.

그것을 느낀 진검룡은 난감한 얼굴로 부상쾌의 머리를 잡아 떼어내려고 했다.

그러나 그녀가 두 손에 더욱 힘을 주어 그의 궁둥이를 붙잡
으며 도리질을 쳤다.

"무서워요……."

사실 그녀는 조금도 무섭지 않았다. 단지 얇은 천에 감싸여
있는 그 무엇을 조금 더 느끼고 싶을 뿐이었다.

第五十八章

인간적인 경혼조장

大中原

　진검룡과 부상쾌는 검은 인영을 경혼각의 지하 석실로 끌고 갔다.

　지하에는 여러 개의 석실이 있었는데, 그중 한 곳에 탈명마존이 감금되어 있었다.

　그는 진검룡에 의해서 일시적으로 무공이 폐지된 상태라서 보통 사람이나 다름없는 몸이다.

　석실 구석에는 측간까지 갖춰져 있기 때문에 그는 그곳에서 하루에 한 번 제공되는 밥을 먹으며 비참한 목숨을 이어가고 있었다.

　진검룡과 부상쾌는 탈명마존이 있는 석실로 들어가서 검

은 인영을 바닥에 앉히고 복면을 벗겼다.

"이자는 누구냐?"

무공이 폐지된데다가 오랫동안 감금된 탓에 의기소침해 있던 탈명마존은 검은 인영의 얼굴을 보더니 크게 놀라는 표정을 지으며 중얼거렸다.

"잔혈마존(殘血魔尊)……."

검은 인영은 혈마련 총본련의 혈마오십오세 중 마련십마존의 잔혈마존이었다.

마련십마존 열 명 중에도 서열이 있으며 서열이 높음에 따라서 무공 수준도 높은 것으로 알려져 있었다.

탈명마존은 마련십마존의 십마존이고 잔혈마존은 구마존이다. 한 단계 차이일 뿐인데도 잔혈마존이 탈명마존보다 반 수나 고강했다.

진검룡은 잔혈마존의 아혈을 풀어주었다.

"탈명! 이놈의 개가 되었느냐?"

잔혈마존은 아혈이 풀리자마자 탈명마존을 무섭게 쏘아보며 으르렁거렸다.

탈명마존은 잔혈마존에게서 다섯 걸음쯤 떨어진 곳에 털썩 주저앉으며 힘없이 중얼거렸다.

"진혈, 나는 무공이 폐지됐소."

순간 잔혈마존의 눈이 부릅떠졌다. 무림인에게 무공이 폐지되는 것은 죽는 것보다 더 가혹한 형벌이다.

잔혈마존은 자신도 곧 탈명마존과 같은 처지가 될 것이라는 생각에 치를 떨며 진검룡을 쏘아보았다.

"이놈아! 용기가 있다면 내 혈도를 풀고 정정당당히 다시 한 번 싸워보자!"

그러자 탈명마존이 씁쓸하게 중얼거렸다.

"잔혈, 당신은 백 번 죽었다가 깨어나도 그의 머리털 하나 건드리지 못할 것이오."

"무슨 헛소리냐?"

잔혈마존이 이를 드러내며 으르렁거렸다.

"그는 청룡검신이오."

"……."

잔혈마존은 무슨 소리냐는 듯이 멀뚱한 표정으로 진검룡을 쳐다보았다. 그러다가 잠시 지나자 그는 눈을 찢어질 듯이 부릅떴다.

"그, 그… 렇군. 귀하는 낙양총부의 청룡검대주 청룡검신이 틀림없군! 대체 어떻게……."

그는 진검룡을 한 번도 본 적이 없다. 봤다면 이미 죽었을 것이다. 그를 직접 보고서도 아직 살아 있는 마도인들은 몇 명 되지 않는다.

다만 혈마련 핵심 인물들 사이에서 회자되고 있는 청룡검신의 용모를 떠올리고는 눈앞의 진검룡이 청룡검신과 너무도 흡사하게 닮았다는 사실을 확인했다.

잔혈마존은 혈도를 풀어주고 진검룡과 정정당당하게 싸워 보자는 말이 쑥 들어갔다. 청룡검신은 혈마련주인 무혈황과 동격이기 때문이다.

그러므로 잔혈마존 정도로는 청룡검신 앞에서 명패조차 내밀지 못하는 것이다.

진검룡의 옆에 서 있던 부상쾌는 가슴이 터질 듯이 부풀고 뿌듯하기 이를 데 없었다.

진검룡이 청룡검신이라는 사실을 알고 있었으나 그것을 다시 한 번 확인하자 자신이 그의 최측근이라는 사실이 너무도 자랑스러웠다.

그때 진검룡이 조용히 입을 열었다.

"잔혈마존, 너는 귀양성에서 왔느냐?"

"……"

잔혈마존은 입을 굳게 다문 채 대답하지 않았다.

진검룡은 두 번 묻지 않고 슬쩍 손을 들어 올렸다. 그러자 탈명마존이 안타깝다는 듯 잔혈마존에게 말했다.

"잔혈, 청룡검신의 분근착골(粉筋鑿骨) 수법은 상상하는 것 이상으로 견디기 어렵소."

순간 잔혈마존이 움찔 몸을 떨었다. 그러는 그의 얼굴에 얼 핏 두려움이 스쳤다.

분근착골이라는 수법은 말 그대로 근육을 부수고 뼈를 쪼 개는 무시무시한 고문 수법이다.

그러나 원래 강호의 분근착골은 누가 전개하느냐에 따라서 그 위력이 천차만별이다.

물론 고강한 인물일수록 지독한 분근착골을 전개하는 것은 말할 것도 없다.

그러므로 청룡검신이 펼치는 분근착골이 얼마나 고통스러울 것인지는 오래 생각해 보지 않아도 쉽게 상상할 만하다.

그렇다고 탈명마존의 엄포 한마디에 나 죽었소, 할 잔혈마존이 아니다.

하지만 청룡검신의 분근착골이 공포스러운 것은 사실이다. 그가 어쩌지 못하고 적이 당황하고 있을 때 네 걸음쯤 떨어진 곳에 서 있는 진검룡의 왼손 손가락이 몇 차례 연이어서 슬쩍 튕겨졌다.

피피잇!

순간 그의 손에서 반투명한 백색의 지풍 여덟 줄기가 번갯불 같은 속도로 뿜어지더니 중간에서 부챗살처럼 활짝 펼쳐지며 잔혈마존의 상체 다섯 군데와 하체 세 군데 혈도에 가볍게 적중했다.

파파파팍!

"흑!"

부상쾌는 진검룡이 방금 발출한 것이 말로만 듣던 지풍이라는 것을 깨달았다.

지풍은 장풍보다 훨씬 상승 수법이며, 당금 무림에서 지풍을 전개할 수 있는 절정고수가 채 백여 명도 되지 않는다는 소문을 들은 적이 있었다.

그런 절정수법을 눈앞에서 직접 보게 되다니 부상쾌는 꿈을 꾸는 것만 같았다.

아니, 사실 그녀는 지풍이 발출되는 것을 제대로 보지도 못했다. 워낙 전광석화 같았기 때문이다.

"크으으……."

그때 잔혈마존이 얼굴을 보기 싫게 일그러뜨리며 고통스러운 신음을 내뱉었다.

부상쾌는 깜짝 놀라서 눈을 동그랗게 뜨고는 잔혈마존을 주시했다.

우둑… 뚜두둑… 으저적… 빠각…….

"끄아아—!"

그녀가 지켜보고 있는 가운데 잔혈마존의 온몸이 제멋대로 뒤틀리고 불쑥 튀어나오거나 움푹 들어가면서 소름 끼치는 소리가 터져 나왔다. 근육이 찢어지고 뼈가 뒤틀리면서 꺾이고 있는 것이다.

"끄아아아—! 마, 말하겠다…… 제발… 멈춰다오… 으아아!"

잔혈마존은 열 호흡쯤 버티다가 온몸을 푸들푸들 떨면서 그대로 뒤로 넘어가 쓰러지디니 입에서 게기품을 뿜이내며 절규를 터뜨렸다.

부상쾌는 보는 것만으로도 심장이 떨리고 머릿속이 텅 비는 것 같은 충격을 느꼈다.

그녀는 자신 같으면 채 한 호흡도 버티지 못할 것이라는 생각이 들며 오금이 저렸다.

"상쾌, 차를 가져와라."

"에… 엣?"

그때 진검룡이 한쪽에 있는 의자에 앉으면서 말하자 부상쾌는 화들짝 놀랐다.

"클클… 멍청한 년아, 네년 주인이 차가 마시고 싶단다."

그러자 탈명마존이 키득키득 웃으면서 비아냥거렸다.

픽!

"우왁!"

부상쾌는 탈명마존의 가슴팍을 힘껏 내지른 후 석실 밖으로 나갔다가 잠시 후에 차를 가지고 왔다.

그때까지도 탈명마존은 저만치 날아가서 쓰러진 채 혼절에서 깨어나지 못하고 있었다.

또한 잔혈마존은 너무 고통스러운 나머지 비명을 지를 기력조차 없어서 가느다란 신음을 흘리며 사시나무 떨듯이 몸을 떨고 있었다.

눈에서 동공이 사라졌으며, 팔다리와 몸통의 뼈가 어긋나고 근육이 뒤틀린 괴이한 모습으로 금방이라도 숨이 넘어갈 듯 꺽꺽 소리를 냈다.

그런데도 진검룡은 부상쾌가 가져온 뜨거운 찻잔을 받아

서 느긋하게 천천히 마셨다.

부상쾌는 진검룡의 잔인한 모습을 처음 보고 적잖이 놀랐으나 이런 것 역시 자신이 배워할 점이라고 생각했다.

진검룡은 차를 다 마시고 난 후에야 다시 지풍을 날려 잔혈마존의 분근착골을 멈추었다.

잔혈마존은 한동안 헐떡이면서 숨을 몰아쉬더니 겨우 정신을 차리고 흐느끼듯이 중얼거렸다.

“으으… 내가 알고 있는 것이라면 모두 말하겠다……. 제발 곱게 죽여만 다오…….”

진검룡은 잔혈마존에게서 중요한 몇 가지 사실을 알아냈다.

원래 마련십마존 중 세 명이 혈마련 휘하의 세 방파를 이끌고 운남성과 귀주성, 사천성을 접수하러 왔었다. 그 사실은 탈명마존에게 알아냈었다.

탈명마존은 월인혈곡을 이끌고 운남성을, 잔혈마존은 살명루(殺命樓)를 이끌고 귀주성을, 천수마존(千手魔尊)은 흑차마방(黑叉魔幇)을 이끌고 사천성을 접수한다는 계획이었다. 물론 세 명의 마존 중에서 지휘자는 팔마존인 천수마존이다.

그런데 운남성을 접수하러 곤명성으로 간 탈명마존과 오십 명의 월인마고수하고 완전히 연락이 끊어져 버리고, 운남성은커녕 곤명성을 접수하는 것마저도 실패하자 첩자를 곤명성으로 잠입시켜서 정보를 입수했다.

그 결과 의검문을 멸문시키는 데 관여했던 적풍보가 곤명지부에 의해서 해체됐으며, 그 사건을 해결한 인물이 곤명지부 휘하의 경혼협객이라고 불리는 경혼조장과 경혼조라는 사실을 알아냈다.

또한 적풍보 뒤켠에서 수십 명이 불에 탄 흔적을 발견했는데, 잿더미 속에서 월인마고수가 사용하는 특수한 무기인 월인자검(月刃刺劍)을 무더기로 발견했다. 그로써 오십 명의 월인마고수가 몰살했다는 사실을 알아냈다.

그러나 탈명마존에 대한 정보와 흔적은 아무것도 알아내지 못했다.

그런 사실들은 즉각 혈마련 총본련에 보고됐으며, 오래지 않아 총본련에서 새로운 지휘자를 보내왔다.

그는 마련십마존 바로 위의 지위인 구사마왕(九死魔王) 중 한 명인 구마왕 음도마왕(陰刀魔王)이다.

그는 혼자 온 것이 아니라 마련십마존의 나머지 일곱 명과 총본련 소속 마혼각(魔魂閣) 휘하 백 명의 고수들, 즉 마혼고수들을 이끌고 왔다.

음도마왕은 귀주성 귀양성에 도착하자마자 잔혈마존을 곤명지부로 보내 경혼조장이라는 자의 수급을 가져오라는 명령을 내렸다.

곤명성과 운남성을 장악하라고 보낸 탈명마존과 월인마고수 오십 명이 증발되고 몰살된 상황이기 때문에 음도마왕 딴에는 신중을 기한다고 잔혈마존을 보낸 것이다.

즉, 잔혈마존을 살수로 보낸 것인데 그는 죽이라는 경혼조장에게 제압되어 게거품을 흘린 후 자신들의 극비 사항에 대해서 미주알고주알 다 실토했다.

"방금 조장님께서 제게 돈을 빌려달라고 말씀하셨어요?"

고선은 믿을 수 없다는 듯 눈을 동그랗게 뜨고 진검룡을 바라보며 물었다.

"그래."

"얼마나 필요하신데요?"

"은자 삼백만 냥."

"흐음… 그럼 조장님께선 제게 뭘 해주실 건가요?"

고선은 재미있다는 듯 앉아 있는 진검룡의 앞을 뒷짐을 지고 오락가락했다.

진검룡은 엷은 미소를 지었다.

"무엇을 원하느냐?"

그는 다른 사람들에겐 저승사자 같은 존재지만 경혼조원들에게만큼은 부드러운 모습을 보인다.

아니, 가족처럼 대한다는 표현이 맞다. 그것은 예전 청룡검대주 시절에는 상상조차 할 수 없었던 큰 변화이며, 그가 이곳에 와서 경혼조원들과 생활하면서 점차 마음의 안정을 찾고 있다는 반증이기도 하다.

고선은 진검룡 뒤에 우뚝 서 있는 부상쾌를 살짝 보더니 쪼르르 다가와서 진검룡 무릎에 그를 마주 보고 냉큼 앉고는 두 팔로 그의 목을 안았다.

“무슨 부탁이든지 들어주셔야 해요?”

그리고는 고개를 꼬고 눈을 깜빡이며 코 먹은 소리로 교태를 부렸다.

“들어보기나 하자.”

고선은 진검룡의 두 손을 끌어다가 자신의 둔부를 받치듯이 잡게 만들고는 아양을 떨었다.

“아잉… 들어주신다고 약속해 주세요.”

그 광경을 보면서 부상쾌는 속이 부글부글 끓고 오른손이 근질거렸다.

그래서 은자 삼백만 냥이고 뭐고 당장 고선의 목을 베고 싶은 것을 간신히 참았다.

진검룡은 고개를 끄덕였다.

“알았다.”

“남아일언은?”

“중천금이다.”

부상쾌는 고선이 무슨 요구를 하려는지 짐작한다는 듯 싸늘한 표정으로 눈을 가늘게 떴다. 만약 자신이 짐작하고 있는 그 말이 고선의 입에서 나오기만 하면 그 순간 목을 베어버릴 작정이었다.

고선은 여태까지의 표정을 지우고 허리를 꼿꼿하게 펴더니 진지하게 말했다.

"모사검하고 똑같은 연검을 갖고 싶고, 또 연검술을 배우고 싶어요."

주소영이 갖고 있는 연검이 모사검이다. 고선은 그 검이 꽤나 갖고 싶었던 모양이다. 아니, 연검술을 배우고 싶었던 것이다.

부상쾌는 자신이 예상했던 것과는 전혀 다른 요구가 나오자 남몰래 쓴웃음을 지었다.

"알았다."

"꺄악! 고마워요, 조장님!"

진검룡이 고개를 끄덕이자 고선은 환호성을 터뜨리며 그에게 달려들어 마구 뺨에 입을 맞추었다.

모사검. 즉, 주소영의 연검을 제작하는 비법은 진검룡과 주소영만 알고 있다.

또한 연검술을 익히는 데 반드시 필요한 기초 수련 역시 두 사람만 아는 비밀이다.

다만 연검술, 즉 낙화유산검은 낭랑과 주소영 두 사람이 알고 있는데, 고선이 아무리 가르쳐 달라고 해도 그녀들은 눈도 까딱하지 않았다.

요즘 들어서 무술 수련에 푹 빠져 실력이 일취월장하고 있는 고선은 연검으로 낙화유산검을 전개하는 주소영이 부러워서 병에 걸릴 지경이었던 것이다.

고선은 진검룡을 꼭 안고 그의 귀에 입술을 대고 나풀나풀 속삭였다.

"은자 삼백만 냥을 빌려 드리는 것은 안 되고 그냥 조장님께 드릴게요. 수업료예요."

진검룡과 부상쾌는 징강현으로 가기 위해서 늦은 아침에 곤명지부를 나서기 위해 전문으로 향했다.

그때 진검룡은 전문을 지키는 호문무사에게 밀려나면서 호된 꾸지람을 맞고 있는 한 소년에게 시선이 향했다.

"이놈! 혼쭐나기 전에 썩 물러가지 못하겠느냐!"

소년은 남루하지만 깨끗한 옷을 입고 있는 칠팔 세 정도의 어린 소년이었다. 귀여운 용모에 이목구비가 뚜렷하고, 단아한 인상을 지녔다.

그런데 소년은 호문무사가 떠미는 바람에 뒤로 비틀거리면서 물러나다가 엉덩방아를 찧으며 주저앉았다.

그때 저만치에 있던 너덧 살짜리 꼬마 여자아이가 울음을 터뜨리면서 소년에게 달려왔다.

"으앙! 오빠!"

소년은 일어나서 여자아이를 안고 머리를 쓰다듬으면서 짐짓 의젓하게 미소 지었다.

"소아(素娥)야, 오빠는 아무렇지도 않으니까 울지 마라."

그리고는 훌쩍이는 여자아이 소아의 등을 부드럽게 밀었다.

"자, 이제 저기 가서 기다리고 있어라. 오빠가 반드시 아버지를 뵙고 어머니께서 많이 편찮으시다는 말씀을 전해 드릴 테니까."

"오빠, 아버지 보고 싶어……."

소아는 조그만 주먹으로 눈물을 훔치면서 저쪽으로 아장아장 걸어갔다.

소년은 소아를 눈바래고 나서 돌아서 다시 호문무사를 향해 큰 걸음으로 성큼성큼 걸어갔다.

"이 녀석이! 아직도 정신을 못 차렸느냐!"

호문무사가 으름장을 놓는데도 소년은 그의 세 걸음쯤 앞에 멈춰 서 두 손을 앞에 모으고 정중하게 말했다.

"무사님, 어머니께서 몹시 편찮으셔서 아버지를 꼭 뵈어야만 합니다. 혹시 무사님께서도 어머니가 계시고 슬하에 아이들이 있지 않으신가요? 그런데 어머니나 부인께서 편찮으신데 무사님께선 까맣게 모르고 계신다면 얼마나 마음이 아프시겠습니까? 그러니 부디 저희 사정을 헤아리셔서 아버지를 뵙게 해주십시오."

나이는 비록 어리지만 한마디 한마디 또박또박 하는 말이 조리와 이치에 맞고, 눈망울이 너무도 초롱초롱해서 이번에는 호문무사도 차마 소년을 밀치지 못했다.

"이 녀석아, 우리는 여길 지켜야 하는 몸이라서 안에 기별을 넣을 수가 없단 말이다."

"하지만 무사님, 예외라는 것이 있지 않습니까?"

소년도 물러나지 않았다.

그때 진검룡이 소년에게 다가가서 온화하게 물었다.

"아이야, 네 아버지가 누구냐?"

진검룡이 불쑥 나타나자 전문을 지키던 다섯 명의 호문무사가 화들짝 놀라 일제히 허리를 굽혔다.

소년은 진검룡을 보면서 기대 어린 표정을 지으며 한껏 공손히 대답했다.

"제 아버지 함자는 훈용강이옵고, 저는 그분의 장남인 훈요성(勳曜星)입니다."

"호오… 네가 용강의 아들이냐?"

진검룡이 머리를 쓰다듬자 소년 훈요성은 만면에 환한 표정을 지으며 그를 바라보았다.

"저희 아버지를 아십니까?"

그때 호문무사 한 명이 발을 구르며 훈요성을 꾸짖었다.

"이놈! 그분은 바로 유명하신 경혼협객 경혼조장이시다!"

"아……."

훈요성은 크게 놀라 진검룡을 우러러보더니 갑자기 그 자리에 무릎을 꿇고 엎드려 큰절을 올렸다.

"훈요성이 조장님께 인사드립니다."

진검룡은 훈요성을 굽어보았다.

"왜 내게 큰절을 하는 게냐?"

"아버지께서 말씀하시기를, 경혼조장님께선 천하에서 가장 훌륭한 분이라고 하셨습니다. 그런 분께 국궁대례(鞠躬大禮)를 올리는 것은 당연하다고 생각합니다."

"흠, 용강이 그랬더냐?"

"또한 아버지께선 경혼조장님을 모시는 것은 천하 만민의 안녕과 평화를 위하는 정의로운 일이므로 그 어떤 일보다 우선이라고도 말씀하셨습니다."

경혼각으로 호문무사 한 명이 다급하게 달려들어 와서 훈용강을 찾았다.

무술 수련에 비지땀을 흘리고 있던 훈용강은 의아한 표정으로 수련실을 나왔다.

"무슨 일인가?"

"경혼조장님의 전갈입니다."

그러면서 호문무사는 종이 한 장을 내밀었다. 거기에는 단한 줄의 글이 적혀 있었다.

—용강, 열흘 동안 휴가다. 지금 즉시 집으로 가라.

전갈, 아니, 진검룡의 명령서를 받아 든 훈용강은 어리둥절한 표정을 지었다.

第五十九章
징강지부

大中原

훈요성이 진검룡을 안내한 곳은 곤명지부에서 걸어서 반 각쯤 걸리는 어느 골목 안쪽의 작고 평범한 집이었다.

진검룡이 양팔에 훈요성과 훈소아 남매를 안고 마당으로 들어서자 남매가 큰 소리로 엄마를 부르며 호들갑을 떨었다.

"어머니, 누가 오셨는지 나와 보세요!"

"엄마, 얼른 나와 봐! 조장 아저씨 왔어!"

진검룡이 남매를 내려놓자 부리나케 집 안으로 달려들어가며 또다시 소리를 질러댔다.

진검룡과 부상쾌는 천천히 집 안으로 들어갔다.

"누가… 오셨다는 게냐……?"

약간 어둡고 누추하지만 검박함이 물씬 풍기는 방의 침상에서 막 한 명의 초췌한 여인이 내려서며 말하다가 들어서는 진검룡과 부상쾌를 발견하고 크게 놀라는 표정을 지었다.

"아! 누구신지요……?"

진검룡은 자신의 다리를 붙잡고 매달리는 남매의 머리를 쓰다듬으며 엷은 미소를 지었다.

"그대의 남편을 집에 보내지 않고 있는 사람이오."

여인 훈용강의 아내는 눈을 깜빡이면서 생각하다가 한순간 화들짝 놀랐다.

"아……."

휘청거리다가 쓰러지려는 것을 부상쾌가 급히 부축해서 침상에 앉혔다.

"하아… 아닙니다……. 조장님께서 누추한 곳에 오셨는데… 어찌 감히 제가……. 어서 절을 올려야……."

진검룡은 훈용강의 아내가 얼굴에 핏기가 없으며 누렇게 뜬데다 땀을 흘리고 있는 것을 보고는 단박에 그녀의 병을 간파했다.

그녀는 선천적으로 허약한 체질인데 첫째는 물론 둘째 아이를 낳은 후에도 제대로 산후 조리를 하지 못해서 생기는 산후병(産後病)을 앓고 있었다.

더구나 평소에 걱정이 많아서 가슴에 심화(心火)까지 쌓여 있는 상태라서, 이대로 놔두면 몸이 점점 꼬챙이처럼 말라 종

내에는 죽게 될 것이다.

"실례하겠소."

슥—

진검룡은 침상 가에 걸터앉아 불쑥 손을 내밀어 훈용강 아내의 손목 맥을 짚었다.

여인은 어쩔 줄 모르고 당황해서 더욱 땀을 흘리며 몸을 가늘게 떨었다.

"진원현에 있어야 하는데… 제가 고집을 부려 이곳으로 이사를 오는 바람에 남편에게 큰 짐이 되고 있습니다. 부디 용서하십시오……."

진검룡은 여인의 손을 놓으며 빙그레 미소 지었다.

"하하하. 이 병은 매일 남편 품에서 잠을 자고, 남편과 마주 앉아 밥을 먹으면 자연히 낫게 될 것이오."

예쁘장하고 곱상한 여인은 해쓱한 얼굴에 살포시 홍조를 떠올렸다.

진검룡과 부상쾌가 떠나고 반 각쯤 후에 훈용강이 집 안으로 들어섰다.

갑자기 들어선 훈용강을 보고 아내와 아이들은 비명처럼 환호성을 지르며 달려들었다.

"여보!"

"아버지!"

훈용강은 아이들을 자상하게 안아준 후 근 한 달 만에 보는 아내를 부드럽게 안고는 등을 토닥였다.

"아픈 곳은 없소?"

아내는 울컥 눈물이 솟았으나 입술을 깨물며 참았다.

"갑자기 어인 일이세요?"

훈용강은 어리둥절한 얼굴로 고개를 갸웃거렸다.

"느닷없이 조장님께서 열흘 동안 휴가를 주셨어. 무슨 일인지 모르겠군."

입이 근질거리는 아이들이 훈용강에게 매달리며 재잘거렸다.

"아버지, 아까 조장님께서 우리 집에 오셨댔어요!"

"아버지, 조장 아저씨 왔었어! 정말이야!"

훈용강은 움찔 놀라 아내를 쳐다보았다.

"이게 무슨 소리지?"

결국 참았던 눈물이 아내의 눈에서 흘러내렸다.

"조금 전에 조장님께서 오셨댔어요……."

"뭐어?"

"조장님께서 제 병을 고쳐 주셨어요……."

훈용강은 그제야 아내의 혈색이 눈에 띄게 좋아졌으며 목소리에도 활기가 넘치는 것을 알아차렸다. 그녀의 이렇게 건강한 모습은 오 년여 만에 처음 보는 것이다.

"조장님께서 이것을 당신께 드리라고……."

아내는 종이 한 장을 조심스럽게 훈용강에게 내밀었다.

―용강, 지금 즉시 경혼각 뒤 별채로 이사하라. 명령이다.

"이런……."
종이를 쥔 훈용강의 손이 푸르르 떨렸다.
그 종이 위로 사나이 훈용강의 굵은 눈물이 뚝뚝 떨어졌다.
"조장님… 크흑……."

*　　　　*　　　　*

진검룡과 부상쾌는 유시(酉時:저녁 6시) 무렵에 징강현에 당도했다.
귀주성에서 몰려온 피난 아닌 피난민들 때문에 징강현 거리는 저녁나절인데도 불구하고 많은 사람들로 붐벼서 인산인해를 이루었다.
어중간한 시간이기 때문에 징강지부주는 지금쯤 많은 사람들에게 둘러싸여 있을 것이다.
더구나 징강지부에는 귀주성 사황벌 안순지부와 분타의 생존자들이 몰려와 있지 않은가.
자정이 지난 늦은 밤이 되면 징강지부주도 잠자리에 들 것이고, 진검룡은 그때쯤 그를 찾아갈 생각이다.

그러려고 일부러 천천히 유람 삼아 걸어왔는데도 아침에 출발했기 때문에 일찍 도착하고 말았다.

진검룡은 밤이 이슥해지기를 기다리기 위해서 술잔이라도 기울이며 시간을 보내려고 가까운 주루로 들어갔다.

점소이가 두 사람을 안내한 곳은 이층의 꽤 넓고 화려한 방이었다.

아래층과 이층 탁자들은 만석이고, 비싼 방은 두 개가 비어서 그중 한 곳에 든 것이다.

진검룡은 혼자 술을 마시고 있다가 문득 부상쾌가 자신의 뒤에 우뚝 서 있는 것을 깨달았다.

"상쾌, 이리 와서 너도 한잔해라."

부상쾌는 주춤거리며 진검룡 맞은편에 앉을까 옆에 앉을까 망설이다가 용기를 내서 그의 왼쪽에 다소곳이 앉았다.

그렇게 반 시진 동안 두 사람은 술을 마셨다. 하지만 한마디도 대화를 나누지 않았다.

진검룡은 뭔가 깊은 생각에 잠긴 듯한 모습으로 천천히 술잔을 입으로 가져갔다.

그리고 부상쾌는 이따금씩 그의 눈치를 살피면서 홀짝홀짝 술을 마셨다.

부상쾌는 다시 한 번 힐끗 진검룡을 쳐다보았다. 그는 상체를 꼿꼿하게 세우고 앉아서 창을 물끄러미 바라보고 있었는데, 손에 든 술잔은 한참이나 마시지 않고 있었다.

부상쾌는 다른 것에 신경을 쓰느라 연신 홀짝거리며 마신 술 때문에 얼굴이 발그레 상기된 모습이었다.

경혼조에는 다른 조보다 유난히 여자들이 많다. 총원 열다섯 명 중에서 여자가 여섯 명이나 된다.

곤명지부의 다른 조들은 총원 이십오륙 명에, 잘해봐야 여자가 한두 명이 고작이니 경혼조는 그런 점에서도 특별하다고 할 수 있었다.

그런데 그 여섯 명의 여자 중에서 호락호락한 여자는 단 한 명도 없다.

그나마 미미가 제일 어리고 순진했었는데 지난번 야산 아래에서의 치열한 싸움을 치른데다 또 매일같이 거친 사내들하고 어울려서 구슬땀을 흘리며 무술 수련을 하다 보니까 어느덧 어엿한 여무사로 변모한 상태였다.

낭랑이나 주소영, 부상쾌는 두말할 것도 없고, 단은한은 운남성의 최고 실력자 단왕의 금지옥엽 은한 공주며, 고선은 저 유명한 한매선이다.

하지만 그녀들 여섯 명의 여자를 묶어주는 하나의 공통점이 있다.

그녀들이 하나같이 진검룡에게는 더할 나위 없이 연약하고 애교 만점의 여자들이고, 어떻게 하면 그에게 예쁨을 받을 수 있을 것인가 서로 치열하게 경쟁하고 있는 관계라는 것이다.

오죽하면 부조장 소나찰 주소영이나 요즘 들어 아방찰(阿防刹)이라는 섬뜩한 별호를 얻은 낭랑 같은 개망나니조차도 노골적으로 진검룡 앞에서는 맥을 못 추겠는가.

무악이 미미를 많이 좋아하고 또 겉으로 보기에는 미미도 무악을 좋아하는 것처럼 보이지만 사실은 다르다. 미미 역시 사부인 진검룡을 남자로 보고 있으며, 틈만 나면 제자라는 것을 빌미로 그의 품에 안기고 부대끼면서 육탄 공세를 벌이고 있다.

경혼조의 남자들은 속일 수 있어도 같은 여자들의 눈까지 속일 수는 없는 것이다.

여섯 여자의 최종 목표는 진검룡의 사랑을 얻는 것이다. 만약 그가 원하기만 한다면 그와 동침하지 않을 여자는 한 명도 없을 것이다.

부상쾌는 지금까지 한 번도 진검룡에게 노골적인 애정 공세를 취한 적이 없었다.

하지만 그녀도 더하면 더했지 다른 다섯 여자와 조금도 다르지 않다.

그녀 역시 진검룡을 가슴 깊이 사랑하고 있으며, 그와 정사를 벌이는 것은 언감생심 바라지도 않지만, 다른 여자들처럼 그의 품에 안기고 또 온갖 애교를 부리고 싶은 마음이 굴뚝이 었다.

그래서 아무도 없을 때 그의 뒤에 서서 용기를 내어 자신의 몸을 밀착시키는 행위로 도발하기도 하는 것이다.

지금 그녀는 어느 정도 취기가 오르자 아까 아침에 고선이 진검룡에게 했던 행동을 자신도 하고 싶다는 생각이 머리꼭대기까지 차올라서 견딜 수가 없는 지경에 이르렀다.

사실 그녀는 진검룡에게 부탁할 것이 있었다. 매우 간절한 부탁이다.

그런데 어떻게 말을 꺼내야 할지 모르겠다. 그래서 고선처럼 그의 무릎에 앉아 애교를 부려보는 것은 어떨까 하고 생각하는 중이었다.

술을 한 잔씩 더 마실수록 용기가 조금씩 더 생겼다. 그리고 너무 취하면 주정으로 보일 수 있다는 사실도 알고 있었다.

그러나 한 가지 걱정이 있다. 낭랑이든, 주소영이든, 고선, 미미, 단은한 등은 원래 진검룡이 예뻐하고 있는 듯하다. 그래서 그녀들이 도발적인 행동을 해도 그가 웃으면서 받아주는 것일 게다.

하지만 부상쾌는 아니다. 진검룡이 그녀를 신임하고는 있을지언정 예뻐하기까지 하겠느냐는 것이 그녀의 솔직한 심정이며 걱정거리다.

만약 고선처럼 굴었는데 그가 꾸지람을 한다면 부상쾌는 죽어버리고 싶을 것이다.

하지만… 더 이상 미루다가는 영원히 기회를 얻지 못할 것이라는 생각이 들었다.

아니, 그녀 스스로 차곡차곡 쌓아놓은 마음의 장벽을 이 기회에 허물지 못한다면 진검룡하고는 영원히 주군과 수하로 굳어버릴 것이다.

또한 그녀는 그에게 간절히 원하는 것이 있었다. 그것을 꼭 이루고 싶다.

'좋아! 하겠어!'

속으로 크게 외친 부상쾌는 술 한 잔을 입에 털어 넣자마자 벌떡 일어나 몸을 빙글 반 회전시키면서 진검룡을 마주 보며 그의 무릎에 넙다 앉아버렸다.

"주, 주군, 할 말 있어요."

탁!

그런데 때마침 진검룡이 술잔을 입으로 가져가던 중이라서 그녀가 팔을 쳐서 술잔의 술이 허공으로 쏟아졌다.

"아……."

그뿐 아니라 너무 힘차게 진검룡의 무릎으로 뛰어오르는 바람에 몸이 반대편으로 기우뚱 기울어지게 되었다.

그러자 진검룡이 왼손을 뻗어 자연스럽게 부상쾌의 궁둥이를 잡아 몸이 기울어지는 것을 막으면서 동시에 오른손의 술잔을 허공으로 뻗었다.

스르르.

그러자 허공에 쏟아졌던 한 움큼의 술이 신기하게도 그의 술잔 속으로 빨려 들어갔다.

부상쾌는 무작정 진검룡의 무릎에 그를 마주 본 자세로 앉아버리고는 어찌할 바를 몰라서 꼿꼿하게 앉아 있었다.

고선이나 미미, 단은한처럼 그의 품에 안긴다든지 두 팔로 그의 목을 끌어안고 뺨을 비비는 행동은 죽어도 할 수 없을 것 같았다.

진검룡은 왼손으로 부상쾌의 궁둥이를 잡은 채 천천히 술을 마시고 빈 잔을 탁자에 내려놓은 후 오른손까지 그녀의 궁둥이를 잡고는 빙그레 미소를 지었다.

"그래, 할 말이 뭐냐, 상쾌?"

"아……."

부상쾌는 진검룡이 이처럼 나올 줄은 예상하지 못했다가 갑자기 머릿속이 텅 비는 듯한 기분이 들었다.

"저를… 여자로 생각하세요?"

그리고는 전혀 엉뚱한 물음이 튀어나왔다. 하지만 지금 해야 할 말이 아니다 뿐이지 평소에 몹시 궁금했던 물음이다.

진검룡은 어? 하는 표정을 짓더니 명랑하게 껄껄 웃었다.

"하하하! 그럼 네가 남자냐?"

"제가… 예쁜가요?"

점입가경이라더니, 계획에도 없던 말들이 주절주절 자꾸 흘러 나갔다.

"물론 예쁘지. 너처럼 예쁜 여자는 찾아보기 어려울 게다."

　그렇게 말하면서 진검룡은 안고 있는 그녀의 궁둥이를 툭 툭 두드렸다.

　문득 부상쾌는 자신의 옥문 아래에 진검룡의 음경이 짓눌려 있다는 사실이 불쑥 떠올랐다.

　그런데 그의 음경은 아무렇지도 않았다. 그저 거기에 물컹한 것이 있다는 것이 느껴질 뿐이지, 어젯밤 그의 하체에 얼굴을 묻었을 때처럼 그런 단단한 발기는 일어나지 않았다. 그래서 그것이 그녀를 실망시켰다. 그는 그녀를 여자로 여기지 않는 것이 분명하다.

　그래서 경혼조 다른 여자들이 지금 같은 자세로 진검룡에게 앉았을 때에도 그가 전혀 발기하지 않았을 것이라는 생각이 들었다.

　슥―

　어디에서 그런 용기가 생겼는지 부상쾌는 그에게 바짝 다가앉으며 가슴을 밀착시키고 두 팔로 그의 목을 안았다.

　그러면서 도저히 그녀답지 않은 행동을 했다. 즉, 눈을 반쯤 감고 요염한 표정을 지으며 코 먹은 소리를 냈다.

　"저는 주군을 좋아해요."

　이것은 순전히 술의 힘이다.

　"나도 너를 좋아한다."

　용기는 용기를 부른다. 비록 그것이 과욕일지언정 용기에 휩싸인 사람은 그것을 염두에 두지 않는 법이다.

슥—

부상쾌는 얼굴을 앞으로 내밀어 진검룡의 입술에 자신의 입술을 가만히 부딪쳤다.

"사랑해요."

"그래, 나도 너를 사랑한다."

진검룡은 빙그레 미소 지었다. 하지만 그녀가 말하는 '사랑' 하고는 거리가 먼 '사랑' 이다.

부상쾌는 다른 남자와 한 번도 입을 맞춰본 적이 없었다. 그렇지만 이런 절호의 기회를 놓치면 평생 후회할 것이라는 생각이 들었다.

그녀는 진검룡의 입술을 비비면서 혀를 밀어 넣었다. 그러자 곧 그의 혀가 닿았다.

그녀의 도발적인 행동에 진검룡은 난감한 기분이 들었다. 조원들하고 정이 들기 전이었으면 모르겠거니와 지금처럼 정이 흠뻑 든 상황에서는 이런 경우에 부상쾌를 집어 던진다든지 패대기를 칠 수가 없었다.

그랬다가는 그녀가 심한 절망에 빠질 것이라는 염려가 앞섰기 때문이다.

그러고 있는 사이에 부상쾌는 마치 엄마의 젖을 빠는 아기처럼 그의 혀를 힘차게 빨아대고 있었다.

부상쾌는 빠르게 이성을 잃어갔다. 정신이 몽롱하고 온몸에 열기가 화끈거렸다.

이런 기분은 생전 처음이다. 격렬하게 입맞춤을 하면서 진검룡의 입속으로 들어가 버리고 싶다는 생각이 들었다. 아니, 그가 자신을 파괴해 줬으면 좋겠다는 욕구가 걷잡을 수 없이 뜨겁게 치밀었다.

슥―

"상쾌야, 이제 됐다."

이윽고 진검룡이 그녀를 가만히 떼어냈다.

부상쾌는 눈이 풀렸으며 얼굴은 발갛게 상기되었고 달뜬 숨결을 토해내고 있었다.

"아아……."

그녀는 진검룡을 꼭 끌어안으며 그의 어깨에 뺨을 기댔다.

진검룡은 마치 어린 누이동생을 어르듯 그녀의 등을 부드럽게 쓰다듬어 주었다.

그러자 부상쾌는 차츰 마음이 진정되면서 흥분이 가라앉았다. 그리고 그녀는 느꼈다, 진검룡의 음경이 아직도 그대로라는 사실을.

그러면서 문득 본연의 목적이 생각났다.

"주군, 부탁이 있어요."

그렇지만 여전히 목소리에서는 애교가 뚝뚝 묻어났다.

"음, 뭐냐?"

"분근착골을 배우고 싶어요. 그리고 보법도."

그녀는 진검룡이 잔혈마존의 공격을 너무도 가볍게 피했

던 보법과 그를 실토시켰던 분근착골 수법이 몹시 배우고 싶
었던 것이다.

"알았다."

　이후 부상쾌는 두 시진여에 걸쳐서 분근착골 수법과 보법
을 배웠다.

　그러나 둘 다 여간 어렵지 않았다. 경혼조원들은 진검룡에
게 일찍부터 점혈 수법에 대해서 배웠기에 꽤 숙달된 상태인
데도 분근착골 수법은 좀처럼 터득되지 않았다.

　원래 점혈 수법은 정확하게 상대의 혈도를 짚어야 하는데
분근착골 수법은 한층 더 정확성을 요했다.

　더구나 혈도는 사람마다 위치가 다르고, 한 시진에 한차례
씩 하루 십이 시진 열두 번 조금씩 혈도의 위치가 이동하기
때문에 시각에 맞춰서 혈도를 짚는 것이 무척 어려웠다.

　진검룡은 부상쾌의 분근착골 수법을 위해서 자신의 몸을
실험용으로 기꺼이 내주었지만 그녀는 한 번도 성공하지 못
했다.

　보법은 분근착골보다 몇 배는 더 어려웠다. 미영신보(迷影
神步)라는 이름의 이 보법은 오 초식인데, 한 초식에 변화가
무려 열여덟 가지나 됐다.

　부상쾌는 미영신보 오 초식을 머릿속에 기억시키는 것만
으로도 머리가 터질 지경이 되었다.

징강현 한복판에 있는 사황벌 징강지부는 깊은 어둠과 고요에 잠겨 있었다.

하나의 검은 인영이 징강지부 뒤쪽 담 바깥에서 둥실 허공으로 떠오르는가 싶더니, 마치 하나의 연처럼 허공을 둥둥 떠서 흘러갔다.

부상쾌는 눈을 동그랗게 뜨고 아래를 굽어보았다. 지상에서 무려 십여 장 높이다.

맹세코 그녀는 이 정도 높이의 허공에 떠 있어본 적이 한 번도 없었다. 그것도 남자의 품에 안겨서.

진검룡은 꼿꼿하게 우뚝 선 자세로 왼팔로는 부상쾌의 가느다란 허리를 안은 채 미풍에 옷자락을 펄럭이면서 징강지부 한복판으로 훌훌 날아가고 있는 중이었다.

부상쾌는 허리를 진검룡에게 맡긴 채 그를 마주 본 자세로 서서 두 팔로는 그의 등을 꼭 끌어안고 한쪽 가슴을 밀착시키고 있었다.

처음에 떠올랐을 때는 두려웠으나 잠시 시간이 지나자 너무도 신기하고 진검룡이 인간이 아닌 신선처럼 보였다. 어떻게 사람이 이처럼 높은 허공을 산책이라도 하듯이 떠갈 수 있단 말인가.

지난번 적풍보에 잠입했을 때처럼, 이번에도 진검룡은 징강지부주의 거처를 어렵지 않게 찾아냈다.

지금은 축시(새벽 2시)다. 다른 곳은 모두 조용한데 징강지 부주의 거처로 짐작되는 곳 삼층만 시끄러웠다. 이 시각이면 조용할 것이라는 진검룡의 예측이 빗나갔다.

슛.

진검룡은 전각 삼층 지붕 끝에 소리없이 내려섰다. 부상쾌는 여전히 두 발이 허공에 떠 있는 상태였다. 그가 허리를 안고 있기 때문이다.

진검룡은 지붕 끝에 서 있는데도 추호도 흔들림없이 마치 땅에 서 있는 것처럼 편해 보였다.

두 사람의 발아래 창을 통해서 왁자지껄한 소리가 여과없이 쏟아져 나왔다. 듣자니 안에서는 한창 술자리가 벌어지고 있는 듯했다.

잠시 서 있던 진검룡이 조용히 중얼거렸다.

"더 이상 기다릴 수가 없으니 이대로 진입해야겠다."

부상쾌는 그가 갑자기 말하자 눈을 동그랗게 뜨며 놀라는 표정을 지었다.

지붕 바로 아래에 적들이 우글거리고 있는데 그가 태연하게 말을 했기 때문이다.

진검룡은 빙그레 미소 지었다.

"우리 주위에 호신막(護身幕)을 쳐두었기 때문에 괜찮다."

"호… 신막!"

부상쾌는 너무 놀라서 혼비백산한 얼굴로 진검룡을 바라

보았다.

공력이 절정에 이르면 공력을 발출하여 몸 주위에 보이지 않는 투명한 막을 형성할 수 있는데, 수화불침(水火不侵)은 물론이고 적의 공격도 튕겨낸다고 부상쾌는 소문으로만 들었다.

그것을 진검룡이 아무렇지도 않게 펼쳤으니 혼절하지 않는 게 이상할 정도였다.

"들어가자."

말이 끝나자마자 진검룡은 부상쾌의 대답을 듣지도 않고 그녀를 안고는 앞으로 한 걸음 내디뎠다.

수우…….

그러자 아래로 뚝 떨어지는 듯하더니 곧 정지했다. 이어서 진검룡은 몸을 빙글 돌려 스르르 창을 향해 미끄러지듯이 나아갔다.

스으.

그가 물 흐르듯이 다가가자 창이 저절로 열렸고, 그곳을 통해서 두 사람은 상체를 약간 굽히는 것만으로 빨려들 듯이 안으로 들어갔다.

실내는 매우 넓고 화려했는데 다섯 명이 다섯 명의 기녀를 곁에 둔 채 호방하게 웃으며 술을 마시고 있었다.

그들은 탁자에 둘러앉은 것이 아니고 각자의 작고 낮은 탁자를 앞에 두고 그곳에 차려진 요리와 술을 먹고 마셨다.

또한 바닥의 보료에 앉았으며, 어떤 자는 기녀를 무릎에 앉힌 채 마음껏 주무르고 있고, 어떤 자는 술에 취해서 흐느적거리며 춤을 추고 있었다.

상석에 혼자 앉은 자가 징강지부주일 것이고, 앞쪽 좌우에 서로 마주 보는 자세로 두 명씩 앉은 자들이 징강지부의 총관이나 총당주, 그리고 귀주성 안순지부주와 그 심복쯤 되는 듯했다.

곤명지부와의 싸움에서 대패한 징강지부의 지부주와 터전과 세력을 잃고 남의 땅에 쫓겨온 안순지부의 지부주와 떨거지들이 뭐가 그리 좋아서 낄낄거리면서 기녀들을 주무르며 술을 마시는 것인지, 좌중은 서로의 말이 잘 들리지 않을 정도로 시끄러웠다.

그러니 진검룡과 부상쾌가 창으로 들어온 것을 모르고 있는 것은 당연했다.

『대중원』 6권에 계속…

강호와 천하를 삼킨 천부(天府).
천부천하를 뒤흔든 게을러빠진 천재가 나타났다!

어떤 무공이든 한눈에 익힐 수 있는 공전절후한 무위,
좌수(左手) 마두, 우수(右手) 대협으로 펼치는 독창적인 무쌍류,
빼어난 요리 실력과 정도를 아는 횡령(?)까지.
놀라운 재능을 가진 무림의 신성 이무쌍!

그가 친우(親友) 소운과 자신의 안락함을 위해 강호에 섰다!
가슴 따뜻한 무쌍의 인정 넘치는 이야기.
천부천하(天府天下)!